每天1分鐘!

新制多益 NEW TOEIC
必考單字 730分完勝!

原田健作 著 ／ 葉紋芳 譯

前　言

　　本書最大的特色，是讓那些想在多益測驗考高分的忙碌社會人士及學生們，在任何地方都可以用最有效率的方式下功夫準備。

　　以下就讓我一一為各位介紹吧！

❶　提高分數的祕訣　一
　➡**一邊解題，一邊輕鬆駕馭大量英文單字！**

　　目前坊間的單字本，幾乎只列出單字。這樣是否真的記得住實在難說，還是必須要有一定程度以上的練習才行。而且，強迫背大量單字的方式很單調，總容易讓人覺得挫折。所以本書特別運用**一邊解題一邊背單字**的方式，要您輕輕鬆鬆，就把一個一個的單字通通記到腦袋裡。

❷　提高分數的祕訣　二
　➡**不要放掉已經背好的單字！**

　　想記住大量的單字，只要配合相關單字來背就會格外容易。這在腦科學研究上亦獲得證明。本書也是一樣，**運用每背一個單字，連同衍生語、同義詞、反義詞等延伸單字也能一起記在腦海裡**的方式，絕對能減輕大家背單字的負擔。

❸　提高分數的祕訣　三
　➡**對付容易粗心的片語也能得心應手！**

　　多益測驗中會出現只要懂意思就能得分的片語，

不過把片語留到單字之後才準備的人不在少數吧！所以本書以多益測驗第五部分很有可能出題的片語為中心，收錄了很多**只要懂意思就能提高分數的片語**，助您一臂之力。

❹　提高分數的祕訣　四
➡掌握不擅長的單字及多義詞，領先超群！

考多益測驗時，只知道minute的意思是「分」是不夠的。因為這個單字寫成minutes時就變為「議事錄」（860分完勝）之意。所以，**攻略這些有可能成為您的弱點的單字**，是提高得分不可或缺的要領。此外，像leave「休假」（➡600分完勝）、story「樓」（➡730分完勝）等單字，本書皆配合目標分數收錄之。

又，為了讓本書刊登的所有英文更為自然，我們請三位以英文母語人士（Fiona Hagan，Jason Murrin，Kristin Smith）協助審核。

不論是接下來要初次挑戰多益測驗的人，或是至今已經挑戰各種多益單字書仍屢遭挫折的人，面對您們，我都要以自己能夠完成這本**最棒的多益單字書**而自豪。本人在此祝福各位，善加利用本書，突破各自想達到的目標。

原田　健作

如何使用本書

本書網羅多益測驗達730分所必備的中階英文單字。全書共667個字彙，除了單字，還包括片語，若加入延伸單字，全書收錄多達1500字。因應多益測驗的趨勢，本書收錄字彙以商用語為主。

本書章節將單字依詞性分類，共120個「主題」，每一「主題」皆搭配一個朗讀音檔，由兩頁版面構成。

題目

每一主題收錄兩道練習題。第一題，是將英文句中使用的單字譯成中文填入空格（同義詞未必可以直接和底線單字替換，也可能必須改變冠詞或單複數形）。第二題，是從選項選出最適合英文句中底線單字的同義詞。這種方式不僅可以利用閱讀背英文單字，還能藉題目來記憶，進而達到根深蒂固，也正是其他同類書籍所沒有的優點。

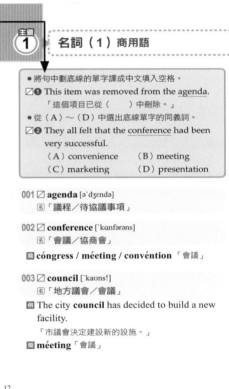

主題 **1** 名詞（1）商用語

● 將句中劃線的單字譯成中文填入空格。
☑ ❶ This item was removed from the agenda.
「這個項目已從（　）中刪除。」
● 從（A）～（D）中選出底線單字的同義詞。
☑ ❷ They all felt that the conference had been very successful.
（A）convenience　　（B）meeting
（C）marketing　　（D）presentation

001 ☑ **agenda** [ə`dʒɛndə]
图「議程／待協議事項」

002 ☑ **conference** [`kɑnfərəns]
图「會議／協商會」
同 **cóngress / méeting / convéntion**「會議」

003 ☑ **council** [`kaʊnsḷ]
图「地方議會／會議」
例 The city **council** has decided to build a new facility.
「市議會決定建設新的設施。」
同 **méeting**「會議」

4

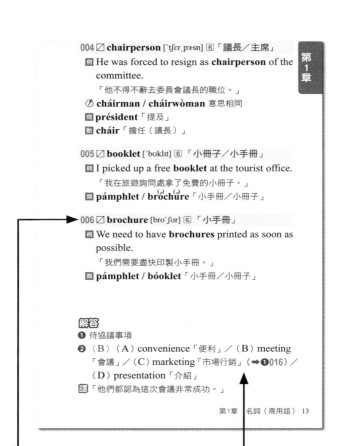

004 ☑ **chairperson** [`tʃɛr,pɚsn] 图「議長／主席」

例 He was forced to resign as **chairperson** of the committee.

「他不得不辭去委員會議長的職位。」

⊘ **cháirman / cháirwòman** 意思相同

類 président「提及」

動 cháir「擔任（議長）」

005 ☑ **booklet** [`boklɪt] 图「小冊子／小手冊」

例 I picked up a free **booklet** at the tourist office.

「我在旅遊詢問處拿了免費的小冊子。」

類 pámphlet / bróchure「小手冊／小冊子」

006 ☑ **brochure** [bro`ʃʊr] 图「小手冊」

例 We need to have **brochures** printed as soon as possible.

「我們需要盡快印製小手冊。」

類 pámphlet / bóoklet「小手冊／小冊子」

解答
❶ 待協議事項
❷（B）（A）convenience「便利」／（B）meeting 「會議」／（C）marketing「市場行銷」（➡❶016）／ （D）presentation「介紹」
譯「他們都認為這次會議非常成功。」

字彙的解說

收錄「練習題中出現之英文單字」的「相關字彙」。字彙使用連續號碼（本書內的號碼）編號。除了中譯，音標及例句（**例**）、延伸單字（**類**）、及物動詞（**他**）、不及物動詞（**自**）等也一併載明。另外，補充說明（⊘）則是要讓大家對字彙有更深入的理解。

解答

本書加入單字索引讓讀者參照，將同系列叢書的「600分完勝」及「860分完勝」分別以❶及❸表示。而000形式的數字是指用於該書內的單字編號。

如何使用本書　5

目　次

第1章　名詞（商用語）

第2章　名詞（日常用語）

第3章　名詞（一般用語）

第4章　動詞

第5章　形容詞・副詞

第6章　片語

第7章　需特別注意的單字

如何掃描 QR Code 下載音檔

1. 以手機內建的相機或是掃描 QR Code 的 App 掃描封面的 QR Code。
2. 點選「雲端硬碟」的連結之後，進入音檔清單畫面，接著點選畫面右上角的「三個點」。
3. 點選「新增至『已加星號』專區」一欄，星星即會變成黃色或黑色，代表加入成功。
4. 開啟電腦，打開您的「雲端硬碟」網頁，點選左側欄位的「已加星號」。
5. 選擇該音檔資料夾，點滑鼠右鍵，選擇「下載」，即可將音檔存入電腦。

● 將句中劃底線的單字譯成中文填入空格。

☑❶ This item was removed from the agenda.

　「這個項目已從（　　　）中刪除。」

● 從（A）～（D）中選出底線單字的同義詞。

☑❷ They all felt that the conference had been very successful.

　（A）convenience　　（B）meeting

　（C）marketing　　（D）presentation

001 ☑ **agenda** [ə`dʒɛndə]

　名「議程／待協議事項」

002 ☑ **conference** [`kɑnfərəns]

　名「會議／協商會」

類 **cóngress / méeting / convéntion**「會議」

003 ☑ **council** [`kaʊnsḷ]

　名「地方議會／會議」

例 The city **council** has decided to build a new facility.

　「市議會決定建設新的設施。」

類 **méeting**「會議」

004 ☑ **chairperson** [`tʃɛr͵pɜ-sn] 名「議長／主席」

例 He was forced to resign as **chairperson** of the committee.

「他不得不辭去委員會主席的職位。」

🕐 **cháirman / cháirwòman** 意思相同

類 **président**「提及」

動 **cháir**「擔任（議長）」

005 ☑ **booklet** [`bʊklɪt] 名「小冊子／小手冊」

例 I picked up a free **booklet** at the tourist office.

「我在旅客服務中心拿了免費的小冊子。」

類 **pámphlet / bróchure**「小手冊／小冊子」

006 ☑ **brochure** [bro`ʃʊr] 名「小手冊」

例 We need to have **brochures** printed as soon as possible.

「我們需要盡快印製小手冊。」

類 **pámphlet / bóoklet**「小手冊／小冊子」

解答

❶ 待協議事項

❷（B）（A）convenience「便利」／（B）meeting「會議」／（C）marketing「市場行銷」（➡❶016）／（D）presentation「發表」

譯「他們都認為這次會議非常成功。」

主題 2 名詞（2）商用語

● 將句中劃底線的單字譯成中文填入空格。

☑❶ I attach my <u>résumé</u> to this message.

「我在這封訊息附上（　　）。（求職信上）」

● 從（A）～（D）中選出底線單字的同義詞。

☑❷ A <u>commission</u> was appointed to investigate the cause of the disaster.

（A）consumption　　（B）mission

（C）committee　　（D）campaign

---

007 ☑ **handout** [`hænd͵aʊt] 名「**分發的資料**」

例 Please refer to the **handout** distributed at the meeting.

「請參考會議上分發的資料。」

相關 **hand out** ～「分發」

008 ☑ **committee** [kə`mɪtɪ] 名「**委員會**」

例 The **committee** is made up of 10 members.

「委員會由10個成員組成。」

類 **commíssion / bóard / pánel**「委員會」

動 **commít**「委託／犯（罪）」

009 ☑ **commission** [kə`mɪʃən]
　　图「**委員會／委任**」他「**委任為**」
　類 committee / board / panel「委員會」
　動 commit「委託／犯～（罪）」
　相關 commitment「承諾／獻身」

010 ☑ **résumé** [ˌrɛzʊ`me] 图「**履歷表**」
　🕐 注意勿與**resume** [rɪ`zum]「重新開始」混淆！

011 ☑ **reference** [`rɛfərəns]
　　图 ❶「**參照／提及**」
　　　❷「**介紹（人）／推薦信**（參照以下🕐用法）」
　例 The submission of this application must be
　accompanied by a letter of **reference** from
　your professor or supervisor.
　　「提出這份申請表時必須附帶你的教授或上司寫的
　　推薦信。」
　🕐 **a letter of reference**「介紹信／推薦信」
　動 refer (to) ～「提及」
　片 with [in] reference to ～「關於」

解答
❶ 履歷表
❷ （C）（A）consumption「消費」（➡061）／
　　（B）mission「任務」（➡❶040）／
　　（D）campaign「宣傳活動」（➡❶042）
譯「委員會被任命調查災難的原因。」

● 將句中劃底線的單字譯成中文填入空格。

☐❶ Before you fill out the application form, please read this guide carefully.

「填寫（　　　）之前，請仔細閱讀這份使用說明。」

● 從（A）～（D）中選出底線單字的同義詞。

☐❷ Successful candidates must have strong computer skills.

（A）employees　　（B）presidents
（C）clients　　　（D）applicants

---

012 ☐ **candidate** [`kændədet] 图「候選人／應試者」

類 **ápplicant**「申請人」

013 ☐ **applicant** [`æpləkənt] 图「應徵者／應試者」

例 **Applicants** must submit two letters of recommendation.

「應徵者必須提出兩封推薦信。」

類 **cándidàte**「應試者」

動 **applý**「適用／申請」

形 **ápplícable**「可應用的」

相關 **àpplicátion**「申請／適用」

014 ☑ **application** [ˌæpləˈkeʃən]

　　图 ❶「申請／申請表格」❷「適用」

　图 **applý**「適用／申請」

　相關 **ápplicant**「應徵者」

015 ☑ **qualification** [ˌkwɑləfəˈkeʃən]

　　图「**資格／能力**」

　例 What are the **qualifications** for the position?

　　「這個職位需要什麼資格呢？」

　图 **quálify**「使具有資格」

　形 **quálified**「有資格的」

016 ☑ **accounting** [əˈkaʊntɪŋ] 图「**結帳／會計**」

　例 She works in the **accounting** department.

　　「她在會計部門工作。」

　相關 **accóuntant**「會計師」

解答

❶ 申請表格

❷ （D）（A）employee「員工」／（B）president
　「董事長／總統」／（C）client「顧客」（➡❶014）

譯「成功的應試者必須具備優秀的電腦技能。」

名詞（4）商用語

- 將句中劃底線的單字譯成中文填入空格。

☑❶ Teen applicants must submit a <u>recommen-dation</u> from a teacher.

「青少年申請人必須提交一份老師的（　　）。」

- 從（A）～（D）中選出底線單字的同義詞。

☑❷ She is a musician of the highest <u>caliber</u>.

（A）grade 　　　　（B）school
（C）popularity 　　（D）ability

---

017 ☑ **cover letter** [`kʌvə `lɛtə]

名「求職信／附函」

例 Please send your résumé and **cover letter** by the end of this week.

「請在本週末前將履歷表和求職信寄出。」

✎ 也可寫成**cóvering lètter**。

018 ☑ **caliber** [`kæləbə]

名「能力／力量」

類 **abílity / capácity**「能力」

019 ☑ **recommendation** [ˌrɛkəmɛnˋdeʃən]
　　图「**推薦／推薦信**」
　動 **rècomménd**「推薦」

020 ☑ **vacancy** [ˋvekənsɪ] 图「**空房／空位／缺額**」
　例 There are currently no **vacancies** in the sales department.
　　「目前銷售部沒有缺額。」
　類 **ópening**「缺額」

021 ☑ **profile** [ˋprofaɪl]
　　图「**側面／側影**」他「**寫人物簡介**」
　例 Could you tell me the **profiles** of the new employees?
　　「可以告訴我新進員工的個人簡介嗎？」

022 ☑ **newsletter** [ˋnjuzˋlɛtɚ]
　　图「**時事通訊／商務通訊**」
　例 This **newsletter** is published every two months.
　　「這份商務通訊每兩個月發行一次。」

解答
❶ 推薦信
❷ （D）（A）grade「階級」／（B）school「學校」／
（C）popularity「名氣」（➡❶141）／（D）ability
「能力」
譯「她是最有能力的音樂家。」

● 將句中劃底線的單字譯成中文填入空格。
☑❶ Mr. Cox is the director of human resources.
「庫克斯先生是（　　　）總監。」
● 從（A）～（D）中選出最適當的選項填入空格裡。
☑❷ You must make a fair (　　) of all the applicants.
（A）evaluation　　（B）evolution
（C）resolution　　（D）revolution

023 ☑ **evaluation** [ɪˌvæljʊˋeʃən] 名「評價」
類 **asséssment**「評價」
動 **eváluàte**「評價」

024 ☑ **human resources** [ˋhjumən rɪˋsorsɪz]
名「人事／人力資源／人事部」
類 **pèrsonnél (depártment)**「人事部」

025 ☑ **personnel** [ˌpɝsnˋɛl]
名「員工／職員／人事部」
例 Please feel free to call the **personnel** department if you have any questions.
「如果您有任何問題，請隨時致電人事部。」

⚠ 雖然**pèrsonnél**單獨一字也是「人事部」之意，但還是以例句中**pèrsonnél depártment**寫法為多。注意勿與**pérsonal**「個人的」混淆！重音位置也不同。

類 **húman resóurces**「人事部」

026 ☑ **complaint** [kəm`plent] 名「怨言／抱怨」

例 I would like to make a **complaint** about the food I was served.

「我想對端上來的食物做個抱怨。」

動 **compláin**「發牢騷」

027 ☑ **span** [spæn] 名 「期間／範圍」

例 Average life **span** has dramatically increased over the past century.

「過去的一個世紀，人類存活期間〔平均壽命〕已經急遽增加。」

類 **périod**「期間」

extént / ránge「範圍」

解答

❶ 人力資源

❷ （A）（B）evolution「進化」／（C）resolution「決心／解決」／（D）revolution「革命」

譯 「你必須對所有應徵者做公正的評價。」

- 將句中劃底線的單字譯成中文填入空格。

☑❶ Time management is a <u>necessity</u> for this job.

「時間管理對這個工作是（　　　）。」

- 從（A）～（D）中選出底線單字的同義詞。

☑❷ This <u>institution</u> was established in 1963.

（A）instruction　　（B）organization

（C）invention　　（D）interaction

---

028 ☑ **certificate** [səˋtɪfəkɪt]

　名「**證明書／結業證書／執照**」

例 He completed the course, so he received a **certificate**.

「他完成課程，所以收到結業證書。」

動 **cértify**「證明／認定」

形 **cértified**「被證明的／公認的」

相關 **cèrtificátion**「證明／證明書」

029 ☑ **institution** [ˌɪnstəˋtjuʃən]

　名「**機構／組織／設施**」

類 **òrganizátion**「機構／組織」

動 **ínstitùte**「設立」

相關 **ínstitùte**「協會」

030 ☑ **association** [ə͵sosɪˋeʃən]

图「**協會／聯盟**」

例 The National Rifle **Association** was founded in 1871.

「美國全國步槍協會設立於1871年。」

類 **socíety**「協會」、**únion**「聯盟」

動 **assóciàte**「使其有關聯／交往」

相關 **assóciate**「朋友／同事」

片 **in assòciátion with ~**「與～合作」

031 ☑ **necessity** [nəˋsɛsətɪ]

图「**必要（性）／必要的事物／必需品**」

形 **nécessàry**「必要的」

副 **nècessárily**「必定」

032 ☑ **deadline** [ˋdɛd͵laɪn] 图「**截止期限／期限**」

例 You should do your best to meet the **deadline**.

「你應該盡最大努力趕上截止期限。」

類 **due date**「截止日」、**time límit**「期限」

解答

❶ 必要條件

❷ （B）（A）instruction「指示」（➜089）／
（B）organization「組織」（➜❶038）／
（C）invention「發明」／（D）interaction「互動」

譯「這個機構成立於1963年。」

- 將句中劃底線的單字譯成中文填入空格。
☑❶ I asked the <u>receptionist</u> where we should park the car.
「我向（　　）詢問我們該把車子停在何處。」
- 從（A）～（D）中選出底線單字的同義詞。
☑❷ I asked my <u>coworker</u> to show me the document.
　（A）employer　　（B）receptionist
　（C）colleague　　（D）boss

033 ☑ **coworker** [`ko͵wɝkɚ] 图「**同事／共事的夥伴**」
類 **cólleague / assóciate**「同事」

034 ☑ **executive** [ɪg`zɛkjʊtɪv]
　图「**執行長／高階主管**」形「**執行長的**」
例 He was appointed an **executive** officer.
「他被任命為執行長。」
類 **diréctor**「執行長」

035 ☑ **receptionist** [rɪ`sɛpʃənɪst]
　图「**（公司、飯店的）接待員**」
動 **recéive**「收到」
相關 **recéption**「接待處／宴會／受理」
　　 recéipt「收據」

036 ☑ **authority** [əˋθɔrətɪ]

　　图「權力／當局」

　图 He has the **authority** to hire and fire employees.

　　「他有權僱用及解僱員工。」

　動 **áuthorìze**「授權給」

　形 **áuthorìzed**「公認的」

　相關 **àuthorizátion**「公認／准許」

037 ☑ **promotion** [prəˋmoʃən]

　　图 ❶「升遷」❷「促銷」

　图 He got a **promotion** at work.

　　「他工作升遷了。」

　類 **adváncement**「晉升」

　動 **promóte**「促進／被升遷為」

　形 **promótional**「晉升的／促銷的」

解答

❶ 接待員

❷ （C）（A）employer「雇主／主管」（➡❶003）／

　　（B）receptionist「接待員」（➡035）／

　　（C）colleague「同事」（➡❶002）／

　　（D）boss「上司」（➡❶005）

　譯「我請同事讓我看份文件。」

名詞（8）商用語

- 將句中劃底線的單字譯成中文填入空格。
☑❶ I contacted <u>headquarters</u> for help.
  「我聯繫（　　　）尋求支援。」
- 從（A）～（D）中選出底線單字的同義詞。
☑❷ I was transferred to the sales <u>department</u>.
  （A）division　　　（B）district
  （C）benefit　　　（D）clerk

---

038 ☐ **headquarters** [`hɛd`kwɔrtɚz]
  名「總公司／總部」
类 **héad óffice**「總公司」

039 ☐ **branch** [bræntʃ] 名「分公司／分局」
例 Hc was transferred to the **branch** in Germany.
  「他被調到德國分公司。」
⏱ 如果知道 **branch** 有「（樹的）分枝」之意，一定就能記住「分公司／分局」之意。
类 **divísion / depártment / séctor**「部門」

040 ☐ **department** [dɪ`pɑrtmənt] 名「部（門）／科」
⏱ **department store** 指「百貨公司」。
类 **divísion / séctor / bránch**「部門」
相關 **depárt**「出發」
  depárture「出發」

041 ☑ **division** [dəˋvɪʒən]
　图 ❶「部門／科」❷「分割」
　例 He joined the international **division** of the bank last year.
　「他去年加入銀行的國際事業部。」
　類 depártment / séctor / bránch「部門」
　動 divíde「使分開」

042 ☑ **sector** [ˋsɛktɚ]
　图「部門／範圍」
　例 Economic activity in the manufacturing **sector** grew in July.
　「製造部門的經濟活動在七月成長了。」
　類 divísion / depártment / bránch「部門」

043 ☑ **category** [ˋkætəˌgorɪ]
　图「範疇／類別／部門」
　例 The courses are divided into four **categories**.
　「課程分為四個類別。」

解答

❶ 總公司
❷ （A）（B）district「地區」（C）benefit「利益」
　（➡❶025）／（D）clerk「職員」（➡❶006）
譯「我被調到銷售部門。」

- 將句中劃底線的單字譯成中文填入空格。
☐❶ The writer has to submit a <u>manuscript</u> by September 30.

「這位作家在9月30日前必須提出一份（　　）。」

- 從（A）～（D）中選出最適當的選項填入空格裡。
☐❷ We have made a three-year （　　） with the company.

（A）comparison 　　（B）combination

（C）contact 　　（D）contract

044 ☐ **draft** [dræft] 名「草稿／底稿」

例 They have already finished the **draft** of the report.

「他們已經完成報告的草稿。」

045 ☐ **manuscript** [ˋmænjəˌskrɪpt] 名「原稿」

046 ☐ **edition** [ɪˋdɪʃən]

名「（發行書的）版本／發行數」

例 The first **edition** of the book has already been sold out.

「這本書的初版已銷售一空。」

類 **íssue**「（雜誌類的）發行數」

動 **édit**「編輯」
相關 **éditor**「編輯者」

047 ☑ **contract** 名 [`kɑntrækt] 他 自 [kən`trækt]
名「**合約**」他 自「**立約**」
類 **agréement**「協議」
相關 **cóntractor**「立約者／（工程等）承包商」

048 ☑ **reward** [rɪ`wɔrd]
名「**報酬**」
他「**報答／給予酬謝**」
例 He received the **reward** for his efforts.
「他的努力獲得了報酬。」

049 ☑ **dress code** [drɛs kod]
名「**服裝規定**」
例 The company has a strict **dress code**.
「公司有嚴格的服裝規定。」

解答

❶ 原稿
❷ （D）（A）comparison「比較」（B）combination
「結合」（➡❶236）／（C）contact「聯絡」
（➡❶277）
譯「我們已經與公司簽了一份三年的合約。」

● 將句中劃底線的單字譯成中文填入空格。

☐❶ They have enough <u>capital</u> to build three factories in China.

「他們有足夠的（　　）在中國大陸蓋三家工廠。」

● 從（A）～（D）中選出底線單字的同義詞。

☐❷ The research was conducted by private <u>enterprises</u>.

（A）funds　　　　（B）companies

（C）purposes　　　（D）officers

---

050 ☐ **enterprise** [`ɛntɚ͵praɪz] 图「事業／企業」

例 The **enterprise** was a complete failure.

「這家企業徹底失敗了。」

類 **búsiness**「事業／企業」、**ùndertáking**「事業」、**cómpany / fírm**「企業」

051 ☐ **firm** [fɝm]
图「公司／商號」 形「堅定的／牢固的」

例 He borrowed some money from the bank to start an advertising **firm**.

「他向銀行借了一些錢開廣告公司。」

⊘ **firm**指比較小型的公司。

類 **cómpany** / **còrporátion** / **búsiness**「公司／企業」、**sólid**「堅固的／牢固的」

052 ☑ **capital** [ˋkæpətl]
名 ❶「資本」❷「首都」
形「主要的」

053 ☑ **finance** [faɪˋnæns]
名「財政／財源」
他「籌措〔提供〕資金」

例 He is responsible for the company's **finances**.
「他負責公司的財務狀況。」
形 **fináncial**「財政的」

054 ☑ **wage** [wedʒ]
名「工資」

例 The factory workers demanded higher **wages**.
「工廠的工人要求提高工資。」
⏱ **wage**主要指靠勞力而得的「工資」。

解答
❶ 資本
❷ （B）（A）fund「資金」（➡060）（B）company
「公司」／（C）purpose「目的」（➡❶220）／
（D）officer「官員」
譯「該研究是由民營企業進行。」

- 將句中劃底線的單字譯成中文填入空格。

☑❶ The company announced its second quarter <u>earnings</u>.

「公司宣布第二季的（　　　）。」

- 從（A）～（D）中選出底線單字的同義詞。

☑❷ We have to reduce <u>expenditures</u> on advertising.

（A）debts　　　　（B）employees
（C）departments　（D）expenses

---

055 ☑ **budget** [ˋbʌdʒɪt] 名「**預算**」

例 We should be careful not to exceed the **budget**.

「我們要小心不要超過預算。」

056 ☑ **earnings** [ˋɝnɪŋz]
名「**所得／收益**」

類 **íncome**「收入」

動 **éarn**「賺」

057 ☑ **expenditure** 名 [ɪkˋspɛndɪtʃɚ]
名「**支出／費用**」

類 **cóst / expénse**「費用」

反 **révenue**「總收入」

058 ☑ **debt** [dɛt] 图「借款／負債」

例 She paid my **debt** in full.

「她支付了我所有的借款。」

類 **lóan**「借款」

相關 **débtor**「債務人／借方」

　　←créditor「債權人／貸方」

059 ☑ **allowance** [əˋlaʊəns]

　　图 ❶「津貼」❷「分配量〔額〕／允許量〔額〕」

例 He receives a housing **allowance** of $500 a month.

「他每個月收到500美元的房屋津貼。」

動 **allów**「允許／給予（金錢）」

060 ☑ **fund** [fʌnd] 图「資金」他「提供資金」

例 The government didn't have sufficient **funds** to start the project.

「政府沒有足夠的資金開始這項計畫。」

相關 **fúnding**「資金／資金提供」

解答

❶ 收益

❷ （D）（A）debt「借款」（→058）（B）employee「員工」／（C）department「部門」（→040）／（D）expense「費用」（→❶026）

譯「我們必須減少廣告的支出。」

- 將句中劃底線的單字譯成中文填入空格。
- ☑❶ Beer <u>consumption</u> fell in Germany by 2.9 percent last year.

  「德國去年的啤酒（　　　）減少2.9%。」
- 從（A）～（D）中選出底線單字的同義詞。
- ☑❷ We must keep up with our <u>competitors</u>.

  （A）rivals　　　　（B）schedules
  （C）incomes　　　（D）harvests

---

061 ☑ **consumption** [kən`sʌmpʃən]

　　名「**消費／消費量**」

動 **consúme**「消費」

相關 **consúmer**「消費者」

062 ☑ **competitor** [kəm`pɛtətɚ]

　　名「**競爭對手／競爭者**」

類 **ríval**「競爭對手」

動 **compéte**「競爭／爭奪」

形 **compétitive**

　　「有競爭力的／（價格等）可以競爭的」

相關 **competítion**「競爭」

063 ☑ **commerce** [ˋkɑmɚs] 图「商業／貿易」

例 The chamber of **commerce** is located downtown.

「商會位於鬧區。」

類 **tráde**「貿易」

形 **commércial**「商業的／貿易的」

064 ☑ **acquisition** [ˌækwəˋzɪʃən] 图「收購／獲得」

例 The company has grown by **acquisition**.

「這家公司藉由收購而有所成長。」

♪ **M&A**「併購」是 **mérger and àcquisítion** 的縮寫。

動 **acquíre**「獲得」

065 ☑ **shift** [ʃɪft]

图「輪班制（的工作時間）／輪班／改變」

他「轉移」自「轉移」

例 He is on the night **shift** this week.

「他這週輪值夜班。」

類 **chánge**「改變」

解答

❶ 消費量

❷ （A）（A）rival「競爭對手」／（B）schedule「日程表」／（C）income「收入」（➡❶023）（D）harvest「收穫」（➡❶169）

譯「我們必須跟上我們的競爭對手。」

- 將句中劃底線的單字譯成中文填入空格。
☑❶ The company is the largest <u>carrier</u> in this area.
「這家公司是本地區最大的（　　　）。」
- 從（A）～（D）中選出最適當的選項填入空格裡。
☑❷ The air-conditioning (　　　) was installed in the building.
（A）crews　　　　（B）policy
（C）selection　　（D）equipment

066 ☑ **publication** [ˌpʌblɪˈkeʃən]
图 ❶「出版（品）」 ❷「發行」
例 The magazine began **publication** in April, 1990.
「這本雜誌於1990年4月開始出版〔創刊〕。」
類 **annóuncement**「宣布」
動 **públicìze**「公布」
形 **públic**「公共的／公開的」

067 ☑ **publicity** [pʌbˈlɪsətɪ]
图「廣告／宣傳／廣為人知的事物」
例 They conducted a **publicity** campaign for a new product.
「他們針對一個新產品進行宣傳活動。」
動 **públicìze**「公布／廣告〔宣傳〕」

068 ☑ **carrier** [ˋkærɪə] 名「運輸公司／投遞員」

⏳ **carrier**也包括鐵路公司及航空公司。

069 ☑ **crew** [kru] 名「全體船員／全體機組人員」

例 None of the passengers and **crew** were injured.

「沒有任何乘客或機組人員受傷。」

070 ☑ **scheme** [skim]

名「計畫／方案」 他 自「計畫」

例 He proposed a new **scheme**.

「他提出一個新計畫。」

⏳ 注意發音！

類 **plán / próject**「計畫」

071 ☑ **equipment** [ɪˋkwɪpmənt]

名「機器／設備／裝置」

⏳ **equipment**是不可數名詞。

動 **equíp**（**equip** *A* **with** *B*）「將B裝置於A」

解答

❶ 運輸公司

❷（D）（A）crew「全體船員」（➡069）（B）policy
「政策」（➡❸752）／（C）selection「選擇」

譯「空調設備安裝於建築物內。」

● 將句中劃底線的單字譯成中文填入空格。

☑❶ They published their study <u>findings</u> in newspapers.

「他們在報上發表了他們的（　　　）。」

● 從（A）～（D）中選出底線單字的同義詞。

☑❷ We bought the <u>merchandise</u> a few months ago.

（A）facility　　　　（B）mechanic

（C）goods　　　　　（D）development

---

072 ☑ **device** [dɪ`vaɪs] 名「**設備／器具**」

例 Please read this manual carefully before installing the **device**.

「在安裝設備之前，請仔細閱讀這份使用手冊。」

動 **devíse**「設計」

073 ☑ **merchandise** [`mɝtʃən͵daɪz]
名「（集合起來的）**商品**」

類 **góods**「商品」

相關 **mérchant**「商人」

074 ☑ **merchant** [`mɝtʃənt] 名「**商人**」

例 There are many wine **merchants** in the UK.

「英國有很多酒商。」

類 **tráder**「商人」

相關 **mérchandìse**「商品」

075 ☑ **arrangement** [əˋrendʒmənt] 名「**安排／準備**」

例 We made **arrangements** to meet at the hotel.

「我們安排了在飯店見面。」

類 **prèparátion**「準備」

動 **arránge**「安排／商洽」

076 ☑ **finding** [ˋfaɪndɪŋ]

名「**（調查、研究）結果**」

077 ☑ **laboratory** [ˋlæbrəˌtorɪ]

名「**研究室／實驗室**」

例 Our **laboratory** investigates the basic mechanisms of learning.

「我們的研究室研究學習的基本機制。」

⏱ **lab**是**láboratòry**的縮寫。

解答

❶（研究、調查）結果

❷（C）（A）facility「設備」（➡094）／

（B）mechanic「修理工」（➡❶013）／

（C）goods「商品」（➡❶214）／

（D）development「開發」（➡❶052）

譯「我們數個月前買了商品。」

- 將句中劃底線的單字譯成中文填入空格。
☐ **❶** We have found several flaws with the system.
「我們發現系統有幾個（　　　）。」
- 從（A）～（D）中選出底線單字的同義詞。
☐ **❷** He had to sell some of his property.
（A）branches　　　（B）schemes
（C）possessions　　（D）handouts

078 ☐ **property** [ˋprɑpɚtɪ] 名「**財產／所有物／不動產**」
類 **belónging / posséssion**「所有物」

079 ☐ **stock** [stɑk]
名 ❶「**庫存品／儲藏**」❷「**股票**」他「**貯存**」
例 This product is out of **stock**.
「產品缺貨。」
⚠ **out of stóck**為「缺貨」之意。
類 **stóre**「儲藏／貯存」、**sháre**「股票」

080 ☐ **shareholder / stockholder**
[ˋʃɛrˏholdɚ / ˋstɑkˏholdɚ] 名「**股東**」
例 The **shareholders** agreed to the merger.
「股東們同意合併。」
相關 **sháre / stóck**「股票」

081 ☑ **flaw** [flɔ] 图「缺點」

　 類 **defect** 「缺點」

082 ☑ **memorandum** [ˌmɛməˋrændəm]
　　 图「記錄／便條」

例 I sent the **memorandum** to all the attendees of the meeting.

　 「我將記錄寄給所有會議的參加者。」

⏱ **memo** 為此單字之縮寫。

類 **note** 「記錄」

083 ☑ **strategy** [ˋstrætədʒɪ]
　　 图「戰略／對策／計畫」

例 The company has decided to change the business **strategy**.

　 「公司已經決定改變經營策略。」

解答

❶ 缺點

❷ （C）（A）branch「分公司」（➡039）／
（B）scheme「計畫」（➡070）／（C）possession
「所有物」（➡181）一般指「所有物」時，property慣
用單數形，possession慣用複數形。／（D）handout
「分發的資料」（➡007）

譯 「他必須出售他的部分財產。」

- 將句中劃底線的單字譯成中文填入空格。

☑❶ Please fill out the questionnaire on the next page.

「請填寫下一頁的（　　）。」

- 從（A）～（D）中選出底線單字的同義詞。

☑❷ The revised regulations come into effect on September 1.

　（A）edition　　　（B）plan
　（C）method　　　（D）rules

---

084 ☑ **regulation** [ˌrɛgjə`leʃən] 名 「規則／規定」

類 **rúle** 「規則」

動 **régulàte** 「制定規章／規定」

085 ☑ **questionnaire** [ˌkwɛstʃən`ɛr]
名 「問卷（表）」

086 ☑ **registration** [ˌrɛdʒɪ`streʃən] 名 「登記」

例 Please fill out the **registration** form and send it to the following address.

「請填寫這份登記表並寄到以下地址。」

動 **régister** 「登記」

087 ☑ **failure** [`feljɚ] 图「**失敗／疏忽**」

例 You should learn from others' mistakes to prevent **failure**.

「你應該從別人的錯誤中記取教訓，以避免失敗。」

動 **fáil**「失敗」

片 **fáilure to** V「未能」

例 They excused his **failure to** attend the meeting.

「他們原諒他未能出席這個會議。」

088 ☑ **trademark** [`tred͵mɑrk]

图「**（登記）商標／標記**」

例 He registered "Haraken" as a **trademark** of his company.

「他將 "Haraken" 登記為他的公司商標。」

解答

❶ 問卷（表）

❷ （D）（A）edition「版本」（➡046）／（B）plan「計畫」／（C）method「方法」（➡❶195）／（D）rule「規則」

譯「修訂後的規則9月1日起生效。」

- 將句中劃底線的單字譯成中文填入空格。
- ❶ <u>Unemployment</u> rose due to various factors.
  「（　　　　）上升係因各種因素所致。」
- 從（A）～（D）中選出底線單字的同義詞。
- ❷ He is familiar with international <u>affairs</u>.
  - （A）trips　　　　（B）trades
  - （C）matters　　　（D）experiences

---

089 ☐ **instruction** [ɪn`strʌkʃən]
名「指示／使用說明書」

例 I installed the software by following the **instructions**.

「我依照指示安裝軟體。」

類 **diréction**「指示」
動 **instrúct**「指示」

090 ☐ **profession** [prə`fɛʃən]
名「職業／專職」

例 He is a doctor by **profession**.

「他的職業是醫生。」

類 **òccupátion / caréer**「職業」

091 ☐ **affair** [əˋfɛr]

　　图「（全面的）**事情／事務／問題／業務**」

類 **mátter**「事務／問題」

　　búsiness「業務」

092 ☐ **solution** [səˋluʃən] 图「**解決（辦法）／解答**」

例 She finally found a **solution** to the problem.

　　「她終於找出問題的解決辦法。」

動 **sólve**「解決」

093 ☐ **unemployment** [ˌʌnɪmˋplɔɪmənt]

　　图「**失業（率）**」

反 **emplóyment**「雇用」

相關 **emplóy**「雇用」

094 ☐ **facility** [fəˋsɪlətɪ] 图「**設備／設施**」

例 This university has excellent **facilities** for students.

　　「這所學校為了學生設有非常好的設備。」

解答

❶ 失業率

❷ （C）（A）trip「旅行」／（B）trade「貿易」／
（C）matter「事務／問題」（➔❶569）／
（D）experience「經驗」（➔❶181）

譯「他熟悉國際情勢。」

名詞（18）商用語

● 將句中劃底線的單字譯成中文填入空格。

☑❶ The <u>analysis</u> of the data revealed the following findings.

「數據的（　　　）顯示了以下發現。」

● 從（A）～（D）中選出底線單字的同義詞。

☑❷ The economic <u>outlook</u> for next year is slightly better than the current year.

（A）prospect 　　　（B）circumstance

（C）label 　　　　（D）exchange

---

095 ☑ **outlook** [`aʊt͵lʊk]

图「前景／展望」

類 **próspect**「前景」

096 ☑ **overview** [`ovɚ͵vju]

图「概要／概觀」

例 This report provides a brief **overview** of the survey.

「這份報告提供了調查的簡略概要。」

097 ☑ **analysis** [ə`næləsɪs] 图「分析」

動 **ánalỳze**「分析」

098 ☐ **priority** [praɪˈɔrətɪ]
   图「**優先／優先考慮的事／居先**」

例 Safety is a top **priority**.

   「安全最優先。」

形 **príor (to ~)**「之前的」

099 ☐ **warehouse** [ˈwɛrˌhaʊs] 图「**倉庫**」

例 A fire broke out in the **warehouse** last night.

   「昨晚倉庫發生火災。」

類 **stórehòuse**「倉庫」

100 ☐ **anniversary** [ˌænəˈvɜˌsərɪ] 图「**紀念日**」

例 Today is the 10th **anniversary** of our company.

   「今天是我們公司創立10週年紀念日。」

101 ☐ **paperwork** [ˈpepɚˌwɜk]
   图「**文書工作／書面作業**」

例 I have some **paperwork** to complete.

   「我有一些文書工作要完成。」

解答

❶ 分析

❷（A）（A）prospect「預期」（➡202）／
　（B）circumstance「情況／事情」（➡183）／
　（C）label「標籤」／（D）exchange「交換」
　（➡❶370）

譯「明年的經濟前景會比今年稍微好一點。」

名詞（19）日常用語

- 將句中劃底線的單字譯成中文填入空格。

☐❶ I'm still suffering from jet lag.

「我還在為（　　　）所苦。」

- 從（A）～（D）中選出底線單字的同義詞。

☐❷ The street is crowded with pedestrians and bicycles.

（A）automobiles　　（B）walkers

（C）passengers　　（D）shoppers

---

102 ☐ **destination** [ˌdɛstəˈneʃən] 图「**目的地／終點**」

例 We finally reached our **destination**.

「我們終於到達了目的地。」

103 ☐ **intersection** [ˌɪntɚˈsɛkʃən] 图「**交叉口**」

例 Turn right at the next **intersection**.

「在下個路口右轉。」

類 **cróssing**「交叉口」

動 **ìnterséct**「交叉」

104 ☐ **aisle** [aɪl] 图「**通道**」

例 Would you like a window or an **aisle** seat?

「你想要靠窗還是靠走道的座位？」

⏱ 注音發音！

105 ☑ **immigration** [ˌɪməˋgreʃən]

图「入境／移民／（出）入境管理」

例 I presented my passport to the **immigration** officer.

「我向出入境審查官出示護照。」

類 **migrátion**「移民」

106 ☑ **pedestrian** [pəˋdɛstrɪən] 图「行人」

類 **wálker**「行人」

107 ☑ **jet lag** [dʒɛt læg] 图「時差」

108 ☑ **expressway** [ɪkˋsprɛsˌwe]

图「高速公路」

例 He got a flat tire while driving on the **expressway**.

「他在高速公路上行駛時爆胎了。」

相關 **expréss**「高速快車」

解答

❶ 時差

❷ （B）（A）automobile「汽車」（➡❶071）／
（B）walker「行人」／（C）passenger「乘客」
（➡❶068）／（D）shopper「購物者」（➡❶085）

譯「街道擠滿行人和自行車。」

- 將句中劃底線的單字譯成中文填入空格。
☐❶ The hotel can be reached easily by public transportation.
「搭乘（　　　）就可以輕易地抵達飯店。」
- 從（A）～（D）中選出底線單字的同義詞。
☐❷ All contestants must submit a completed entry form.
（A）students （B）patients
（C）interviewers （D）participants

109 ☐ **transportation** [ˌtrænspɚ`teʃən]
图「交通（工具）／運輸」
動 transpórt「運輸」

110 ☐ **sidewalk** [`saɪdˌwɔk] 图「人行道」
例 Tom walked up and down the **sidewalk**.
「湯姆在人行道走來走去。」
類 pávement「人行道」

111 ☐ **contestant** [kən`tɛstənt]
图「角逐者／參賽者」
類 partícipant「參與者」
相關 cóntest「競爭／競技／比賽」

112 ☐ **admission** [əd`mɪʃən]

图「**入場**〔**入會**〕／**入場費**〔**入會費**〕」

例 The **admission** is $10 for adults and $5 for children.

「大人的入場費是10美元，小孩是5美元。」

動 **admít**「容許進入」

113 ☐ **preview** [`pri͵vju]

图「（電影的）**試映會**／**預告片**」

例 We were invited to the film **preview**.

「我們受邀去電影試映會。」

114 ☐ **biography** [baɪ`ɑgrəfɪ] 图「**傳記**」

例 I read his **biography** when I was a teenager.

「當我是青少年時，就已讀過他的傳記。」

類 **lífe stòry**「傳記」

形 **bìográphical**「傳記的」

相關 **biógrapher**「傳記作家」

解答

❶ 大眾交通工具

❷（D）（A）student「學生」／（B）patient「病患」
（➡❶419）／（C）interviewer「面試官」／
（D）participant「參與者」（➡❶205）

譯「所有參賽者都必須提出一份填妥的報名表。」

主題 **21** ▶ 名詞（21）日常用語

- 將句中劃底線的單字譯成中文填入空格。
☑❶ I leaned the <u>ladder</u> against the wall.

　　「我把（　　　）靠在牆壁上。」
- 從（A）～（D）中選出底線單字的同義詞。
☑❷ He's climbing up the <u>stairs</u>.

　　（A）escalators　　　（B）elevators

　　（C）steps　　　　　（D）mountains

---

115 ☑ **spectator** [spɛk`tetɚ]

　图「（運動比賽等的）**觀眾／目擊者**」

例 The stadium can hold 50,000 **spectators**.

　「這座體育場可以容納50,000名觀眾。」

116 ☑ **auditorium** [͵ɔdə`torɪəm]

　图 ❶「**禮堂**」❷「**觀眾席**」

例 The **auditorium** is packed with students.

　「禮堂擠滿了學生。」

117 ☑ **workshop** [`wɝk͵ʃɑp]

　图「**講習〔研討〕會／工作坊**」

例 The next education **workshop** will be held in February.

　「下一次的教育研討會將在二月舉行。」

118 ☑ **ladder** [ˋlædɚ] 图「梯子」

119 ☑ **condominium** [ˌkɑndəˋmɪnɪəm]
图「大廈／各戶有獨立產權的公寓」

例 He has a **condominium** in Las Vegas.

「他在拉斯維加斯有一棟公寓。」

⏱ **cóndo**為此單字之縮寫。

120 ☑ **stair** [stɛr]
图「樓梯（的一階）」

⏱ 單數形指「樓梯的一階」。

類 **stáircase**「樓梯（含樓梯間平台、欄杆等區域）」
stép「樓梯的一階」

121 ☑ **basement** [ˋbesmənt]
图「地下（室）」

例 I cleaned the **basement** this afternoon.

「我今天下午打掃了地下室。」

類 **céllar**「地下室」

解答

❶ 梯子

❷（C）（A）escalator「電扶梯」／（B）elevator
「電梯」／（C）step(s)「樓梯」／（D）mountain
「山」

譯「他正在爬樓梯。」

- 將句中劃底線的單字譯成中文填入空格。
☑❶ She lives in a college dormitory.
　　「她住在（　　　）。」
- 從（A）～（D）中選出最適當的選項填入空格裡。
☑❷ Be sure to take your (　　) with you when
　　you leave the train.
　　（A）shelves　　　　（B）drawers
　　（C）hallways　　　（D）belongings

122 ☑ **dormitory** [`dɔrmə͵torɪ]
　图「宿舍」

123 ☑ **belonging** [bə`lɔŋɪŋ]
　图「所有物」
⏲ 一般使用複數形（**belongings**）。
類 **posséssion / próperty**「所有物」
動 **belóng (to ~)**「屬於／～的所有物」

124 ☑ **laundry** [`lɔndrɪ]
　图「要洗的衣服／洗衣店」
例 I put the **laundry** into the washing machine.
　「我將要洗的衣服放入洗衣機」
片 **do the láundry**「洗衣服」

125 ☑ **drawer** [`drɔɚ]
　　图「抽屜」

例 His notebook is in the top **drawer**.

　　「他的筆記本在最上面的抽屜裡。」

動 **dráw**「拉開」

126 ☑ **hallway** [`hɔl͵we]
　　图「走廊／玄關」

例 This **hallway** leads to the lounge.

　　「這條走廊通往休息室。」

127 ☑ **beverage** [`bɛvərɪdʒ]
　　图「飲料」

例 The sale of alcoholic **beverages** is regulated by law.

　　「販賣酒精飲料是有法律限制的。」

解答
❶ 大學學生宿舍
❷ （D）（A）shelf (shelves)「隔板」（➡❶099）／
（B）drawer「抽屜」（➡125）／（C）hallway
「走廊／玄關」（➡126）
譯「下火車時，別忘了攜帶隨身物品。」

- 將句中劃底線的單字譯成中文填入空格。
☑❶ The rent includes <u>utilities</u>.
「房租包括（　　）。」
- 從（A）～（D）中選出最適當的選項填入空格裡。
☑❷ Don't leave your dirty dishes in the (　　).
（A）sink　　　　　　（B）insurance
（C）vacuum　　　　（D）survey

---

128 ☑ **real estate** [`riəl ɪs`tet]

　　图「不動產」

例 He made a fortune in **real estate**.

　　「他做不動產賺了一筆錢。」

129 ☑ **utility** [ju`tɪlətɪ]

　　图 ❶「有用／有益」 ❷「公共費用／公共事業」

130 ☑ **trash** [træʃ]

　　图「廢物／垃圾」

例 I threw it into the **trash** can.

　　「我把它丟進垃圾桶了」

類 **rúbbish**「廢物」

131 ☑ **vacuum (cleaner)** [`vækjʊəm (klinɚ)]
　图「吸塵器」

　例 This **vacuum cleaner** is light and easy to handle.
　「這台吸塵器又輕又好用。」

132 ☑ **sink** [sɪŋk]
　图「水槽」自「下沉」他「使下沉」

133 ☑ **routine** [ru`tin]
　图「例行公事／日常工作」
　形「例行的／日常的」

　例 I have added regular exercise to my daily
　routine.
　「我在每天的例行公事中加入規律運動。」

134 ☑ **insurance** [ɪn`ʃʊrəns] 图「保險／保險契約」
　例 She has been working for an **insurance**
　company for five years.
　「她在保險公司工作五年了。」
　動 **insúre**「確保」

解答

❶ 公共費用
❷ （A）（B）insurance「保險」（➡134）／
　（C）vacuum「吸塵器」（➡131）／（D）survey
　「調查」（➡❶198）
　譯「不要把你的髒盤子留在水槽。」

- 將句中劃底線的單字譯成中文填入空格。
☐❶ All prices include <u>postage</u> within the U.S.
「所有價格都包括了美國境內的（　　　）。」
- 從（A）～（D）中選出底線單字的同義詞。
☐❷ I tried various <u>remedies</u>, but nothing worked.
（A）trainings　　　（B）classes
（C）techniques　　（D）cures

---

135 ☐ **parcel** [`pɑrsḷ]
名「包裹」

例 Would it be possible to have this **parcel** delivered to headquarters by tomorrow?
「這個包裹能在明天前送到總公司嗎？」

136 ☐ **postage** [`postɪdʒ]
名「郵資／郵費」

形 **póstal**「郵政的」

137 ☐ **checkup** [`tʃɛkˌʌp]
名「檢查／健康檢查」

例 You should have regular **checkups**.
「你應該定期接受健康檢查。」

類 **exàminátion**「檢查」

138 ☑ **remedy** [`rɛmədɪ]

名「治療（法）／解決辦法」

類 **cúre / tréatment**「治療」

139 ☑ **fatigue** [fə`tig]

名「疲勞」

例 The workers began to show signs of **fatigue**.

「工人們開始面露疲態。」

140 ☑ **funeral** [`fjunərəl]

名「喪禮」

例 He returned to his hometown to attend the **funeral** of his grandfather.

「他回故鄉參加祖父的喪禮。」

141 ☑ **toner** [`tonɚ]

名「（影印機等的）碳粉」

例 Can you refill the **toner**?

「你可以填充碳粉嗎？」

解答

❶ 郵費

❷ （D）（A）training「訓練」／（B）class「上課」／（C）technique「技術」／（D）cure「治療」

譯「我嘗試各種療法，但無濟於事。」

- 將句中劃底線的單字譯成中文填入空格。

☑ **❶** What is the fare from Tokyo to Kyoto?

「從東京到京都的（　　）是多少？」

- 從（A）～（D）中選出底線單字的同義詞。

☑ **❷** I like walking along the shore.

（A）pedestrian 　　（B）avenue

（C）park 　　（D）beach

---

142 ☑ **shore** [ʃor]

圀「岸／海岸／湖畔」

類 **séasìde / béach / cóast**「海岸」

143 ☑ **fare** [fɛr] 圀「票價」

相關 **áirfàre**「航空票價」

144 ☑ **resident** [ˋrɛzədənt]

圀「居民／居住者」圀「居住的」

例 Local **residents** protested against the plan.

「當地居民抗議該計畫。」

類 **inhábitant**「居住者」

動 **resíde**「居住」

形 **rèsidéntial**「住宅的」

相關 **résidence**「住宅」

145 ☑ **suburb** [`sʌbɝb]

　　图「郊區」

　　（**the suburbs**）「（相對於都市的）**市郊**」

　例 He moved to the **suburbs** seven years ago.

　　「他七年前搬到郊區。」

146 ☑ **tenant** [`tɛnənt] 图「**房客／承租人**」

　例 The landlord is looking for **tenants**.

　　「房東正在尋找房客。」

　反 **lándlòrd**「房東」

147 ☑ **shortcut** [`ʃɔrtˌkʌt] 图「**捷徑**」

　例 I took a **shortcut** through the park.

　　「我抄捷徑穿過公園。」

148 ☑ **flag** [flæg] 图「**旗子**」

　例 The **flags** are waving in the wind.

　　「旗子在風中飄揚。」

　類 **bánner**「旗子」

解答

❶ 票價

❷ （D）（A）pedestrian「行人」（➡106）／
　（B）avenue「大街」（➡❶095）／（C）park「公
　園」（➡658）／（D）beach「海邊」

　譯 「我喜歡沿著岸邊散步。」

- 將句中劃底線的單字譯成中文填入空格。

☑❶ There is a <u>stationery store</u> near my house.

「我家附近有（　　）。」

- 從（A）～（D）中選出最適當的選項填入空格裡。

☑❷ He likes observing the moon through his

（　　）.

（A）microscope　　（B）telescope

（C）planet　　　　（D）orbit

---

149 ☑ **microscope** [`maɪkrəˌskop]

名 「顯微鏡」

例 I looked at the bacteria through the **microscope**.

「我用顯微鏡看細菌。」

150 ☑ **telescope** [`tɛləˌskop]

名 「望遠鏡」

151 ☑ **instrument** [`ɪnstrəmənt]

名 「工具／器具／樂器」

例 They're playing musical **instruments**.

「他們正在演奏樂器。」

類 **tóol** 「工具」

152 ☑ **recipe** [`rɛsəpɪ]
名 ❶「食譜」 ❷「訣竅」
例 Could you give me the **recipe** for this cake?
「你能不能給我這個蛋糕的食譜呢？」

153 ☑ **stapler** [`steplɚ] 名「釘書機」
例 Can I use your **stapler**?
「我可以用你的釘書機嗎？」

154 ☑ **weed** [wid] 名「雜草」
例 I have to pull **weeds** in the garden.
「我必須除掉花園內的雜草。」

155 ☑ **stationery** [`steʃənˌɛrɪ]
名「文具／辦公用品」

156 ☑ **cardboard** [`kɑrdˌbord]
名「厚紙板／瓦楞紙」
例 **Cardboard** boxes are stacked in the middle of the floor.
「瓦楞紙箱被堆疊在地板中間。」

解答
❶ 文具店
❷ （B）（A）microscope「顯微鏡」（➡149）／
（C）planet「行星」／（D）orbit「軌道」
譯「他喜歡用望遠鏡觀察月亮。」

名詞（27）日常用語

- 將句中劃底線的單字譯成中文填入空格。
- ☑❶ He invited his <u>relatives</u> to his house.

  「他邀請他的（　　　）到他家。」
- 從（A）～（D）中選出底線單字的同義詞。
- ☑❷ There is a good <u>pharmacy</u> just across the road from the hotel.

  （A）grocery store　　（B）theater

  （C）drugstore　　（D）apartment

---

157 ☑ **relative** [`rɛlətɪv]

　　图「親戚／親屬」 形「相對的」

相關 **cóusin**「堂（表）兄弟姊妹」

158 ☑ **nap** [næp]

　　图「午睡」

例 Why don't you take a **nap** for a while?

　　「你要不要午睡一下？」

159 ☑ **pharmacy** [`fɑrməsɪ]

　　图「藥局／藥學」

類 **drúgstòre**「藥局」

相關 **phármacist**「藥劑師」

160 ☐ **get-together** [ˋgɛttə͵gɛðɚ]

名「（非正式的）**聚會／聯歡會**」

例 We're planning a **get-together** for newcomers to the region.

「我們正在計畫為剛搬到這個地區的居民們辦一個聯歡會。」

類 **gáthering**「聚集」、**méeting**「集會」

相關 **get togéther**「聚集」

161 ☐ **elbow** [ˋɛlbo] 名「**手肘**」

例 The woman is sitting with her **elbows** on the table.

「女人坐著並將雙肘擱在桌上。」

相關 **wríst**「手腕」、**knée**「膝蓋」

162 ☐ **chin** [tʃɪn] 名「**下顎／下巴**」

例 The woman is sitting with her **chin** in her hands.

「女人坐著並用手托住下巴。」

⚠ 注意勿與**tin** [tɪn]「錫／馬口鐵製品」混淆！

相關 **jáw**「顎」

解答

❶ 親戚

❷ （C）（A）grocery store「雜貨店」（➡❶130）／（B）theater「電影院／劇場」／（C）drugstore「藥局」（D）apartment「公寓」

譯「飯店對面有一家很好的藥局。」

名詞（28）日常用語

- 將句中劃底線的單字譯成中文填入空格。
- ☑❶ Good <u>nutrition</u> is vital to good health.
  「（　　　）對身體健康不可或缺。」
- 從（A）～（D）中選出底線單字的同義詞。
- ☑❷ The room was filled with the <u>scent</u> of flowers.
  - （A）seed
  - （B）plant
  - （C）fragrance
  - （D）luxury

163 ☑ **fragrance** [`fregrəns] 图「芬芳／香味」

例 It gives off the **fragrance** of lemons.

「它散發出檸檬的清香。」

類 **scént / ódor**「香味」
　pérfume「香水／香味」

形 **frágrant**「芳香的」

164 ☑ **scent** [sɛnt]

图「香味／香水」

他「使充滿～的氣味」<with>

類 **pérfume**「香味／香水」、**sméll**「氣味」

165 ☑ **nutrition** [nju`trɪʃən]

图「營養攝取／營養物」

類 **nóurishment**「營養物」

166 ☐ **protein** [ˈprotin] 名「蛋白質」

例 Be careful not to get too much **protein**.
「小心不要過度攝取蛋白質。」

167 ☐ **vitamin** [ˈvaɪtəmɪn] 名「維他命」

例 This drink contains plenty of **vitamin** C.
「這個飲料富含維他命C。」

168 ☐ **vegetarian** [ˌvɛdʒəˈtɛrɪən]
名「素食主義者／素食者」

例 We also have a menu for **vegetarians**.
「我們也有為素食主義者所設計的菜單。」

169 ☐ **lid** [lɪd] 名「蓋子」

例 She filled the container with water and put the **lid** back on.
「她將容器裝滿水，並蓋回蓋子。」

第
2
章

解答

❶ 豐富／良好的營養

❷ （C）（A）seed「種子」／（B）plant「植物／
工廠」／（→❶051）（D）luxury「奢侈品」
（→❶088）

譯「房間充滿花香。」

- 將句中劃底線的單字譯成中文填入空格。

☑❶ She put a <u>vase of</u> roses on the table.

「她將插有玫瑰花的（　　　）置於桌上。」

- 從（A）～（D）中選出底線單字的同義詞。

☑❷ He often travels to paint the <u>landscape</u>.

（A）celebrity （B）blossom

（C）atmosphere （D）scenery

---

170 ☑ **vase** [ves]

图「花瓶」

171 ☑ **scenery** [ˋsinərɪ]

图「風景／景色」

例 This area is famous for its beautiful **scenery**.

「這個地區以其美麗的景色聞名。」

類 **lándscàpe**「風景／景色」

形 **scénic**「風景的／景色秀麗的」

172 ☑ **landscape** [ˋlændˌskep]

图「景色／風景」

類 **scénery**「景色／風景」

173 ☑ **cholesterol** [kəˋlɛstəˌrol] 图「膽固醇」

例 Some type of **cholesterol** are good for your health.

「有些種類的膽固醇有益於你的健康。」

174 ☑ **celebrity** [sɪˋlɛbrətɪ] 图「名人」

例 She has interviewed many Hollywood **celebrities**.

「她採訪過許多好萊塢名人。」

175 ☑ **speeding** [ˋspidɪŋ] 图「超速行駛」

例 He was fined for **speeding**.

「他因超速行駛被科罰金。」

相關 **spéed**「快速／速度」

176 ☑ **auction** [ˋɔkʃən]
图「競價賣出／拍賣」

例 The painting was being sold at **auction**.

「這幅畫在拍賣中售出。」

解答

❶ 花瓶

❷（D）（A）celebrity「名人」（➡174）／
（B）blossom「花」／（C）atmosphere「氣氛／
空氣」（➡❶136）

譯「他為了畫風景畫而經常旅行。」

名詞（30）一般用語

- 將句中劃底線的單字譯成中文填入空格。

☑❶ I think acting is the most important <u>element</u> in a movie.

「我認為演技是電影最重要的（　　）。」

- 從（A）～（D）中選出底線單字的同義詞。

☑❷ The company's <u>assets</u> total approximately $100 million.

（A）earnings （B）properties

（C）debts （D）stocks

---

177 ☑ **aspect** [`æspɛkt]

图「方面／面向」

例 You have to consider every **aspect** of the problem before you come to a decision.

「在你下決定之前，必須要考慮問題的每一面。」

類 **síde / pháse**「方面」

178 ☑ **phase** [fez]

图「階段／方面」

例 The project has entered the second **phase**.

「這項計畫已進入第二階段。」

類 **stáge**「階段」

áspect / síde「方面」

179 ☑ **element** [ˋɛləmənt] 图「要素／成分」
形 **èleméntal**「要素的／基本的」
èleméntary「基本的／初級的」

180 ☑ **asset** [ˋæsɛt] 图「**財產／資產**」
類 **próperty / estáte**「財產」

181 ☑ **possession** [pəˋzɛʃən] 图「所有／所有物」
例 He sold some of his **possessions** to raise money for the poor.
「他賣掉部分財產為窮人籌資。」
類 **belónging / próperty**「所有物」
動 **posséss**「擁有」

182 ☑ **proportion** [prəˋporʃən]
图 ❶「比例／比率」 ❷「部分」
例 He spent a large **proportion** of his time reading.
「他花了大部分的時間在閱讀上。」
片 **in propórtion to ~**「成～比例／與～比較」

解答
❶ 要素
❷ （B）（A）earnings「所得／收益」（➡056）／
（B）property「財產」（➡078）／（C）debt「借款」（➡058）／（D）stock「股票」（➡079）
譯 「公司的資產總計約1億美元。」

名詞（31）一般用語

- 將句中劃底線的單字譯成中文填入空格。
- ☑❶ He made a <u>donation</u> to the hospital.

  「他（　　　）給醫院。」
- 從（A）～（D）中選出底線單字的同義詞。
- ☑❷ Under such <u>circumstances</u>, I had no choice
  but to wait.

  （A）conditions　　　（B）bridges

  （C）incomes　　　　（D）abilities

---

183 ☑ **circumstance** [ˋsɝkəmˌstæns] 名「狀況／情形」

類 **condítion / sìtuátion**「狀況」

184 ☑ **surrounding** [səˋraʊndɪŋ]

名（**surroundings**）「環境／周圍」

形「周圍的」

例 I'm getting used to my new **surroundings**.

「我已習慣我的新環境了。」

類 **envíronment**「環境」

動 **surróund**「圍繞」

185 ☑ **consideration** [kənsɪdəˋreʃən]

名「考慮／關照／體貼」

例 They didn't give serious **consideration** to his suggestion.

「他們並沒有認真考慮他的建議。」

動 **consíder**「仔細考慮」

形 **consíderate**「體貼的」

片 **take ~ into consìderátion**「考慮到」

186 ☑ **donation** [doˋneʃən] 名「捐贈（款）」

類 **còntribútion**「捐獻」

動 **dónàte**「捐助」

187 ☑ **core** [kor] 名「中心（部分）／核心」

例 We need to get down to the **core** of the problem.

「我們需要認真探討問題的核心。」

類 **cénter / héart**「中心」

188 ☑ **crop** [krɑp] 名「作物／收穫（量）」

例 The **crops** were damaged by drought.

「作物因乾旱而受到損害。」

類 **hárvest**「收穫」

解答

❶ 捐款

❷ （A）（A）condition「狀況」／（B）bridge「橋」／（C）income「收入」（➡❶023）／（D）ability「能力」

譯 「在如此的狀況下，我別無選擇唯有等待。」

名詞（32）一般用語

● 將句中劃底線的單字譯成中文填入空格。

☑ ❶ There is a <u>rumor</u> that the company is going out of business.

「（　　　）這家公司即將倒閉。」

● 從（A）～（D）中選出底線單字的同義詞。

☑ ❷ These results can be explained to a large <u>extent</u>.

　（A）detail　　　　　（B）audience
　（C）degree　　　　　（D）spectator

---

189 ☑ **status** [`stetəs] 名「**地位／狀況**」

例 What is the current **status** of the project?

「這項計畫目前的狀況如何？」

190 ☑ **rumor** [`rumɚ] 名「**謠傳**」

191 ☑ **cooperation** [ko͵ɑpə`reʃən] 名「**合作**」

例 In **cooperation** with ABC University, we developed a new medicine.

「我們與ABC大學合作開發了一種新藥。」

⚠ 注意勿與 **còrporátion**「公司／法人」混淆！

類 **collàborátion**「合作」

動 **coóperàte**「合作」

192 ☑ **dialect** [`daɪəlɛkt] 名「方言」

例 Arabic has many different **dialects**.

「阿拉伯語有很多不同的方言。」

193 ☑ **extent** [ɪk`stɛnt] 名「程度／範圍／限度」

類 **degrée**「程度」

動 **exténd**「延伸」

形 **exténsive**「廣泛的」

相關 **exténsion**「延長」

194 ☑ **excess** 名 [ɪk`sɛs] 形 [`ɛksɛs]

　　名「過多／過剩／多餘」

　　形「超過的／多餘的」

例 I had to pay for **excess** baggage.

「我必須支付行李超重費。」

類 **súrplus**「過剩／過剩的」

動 **excéed**「超過」

形 **excéssive**「過度的」

解答

❶ 謠傳

❷ （C）（A）detail「細節」（➡❶240）／（B）audience「（演講會的）觀眾」／（C）degree「程度」（➡❶190）／（D）spectator「（運動比賽等的）觀眾」（➡115）

譯「這些結果大部分都是可以說明的。」

第3章　名詞（一般用語）　75

名詞（33）一般用語

● 將句中劃底線的單字譯成中文填入空格。

☐❶ Great scenery is a <u>feature</u> of this tour.

　　「絕佳的景色是這次旅遊的（　　）之一。」

● 從（A）～（D）中選出底線單字的同義詞。

☐❷ They have achieved their <u>objectives</u>.

　　（A）oppositions　　　（B）objections

　　（C）subjects　　　　（D）aims

---

195 ☐ **feature** [fitʃɚ]

　图「特色／特徵」

　他「以～為特輯／形成～的特色」自「成為特徵」

類 **chàracterístic**「特色」

196 ☐ **forecast** [`for͵kæst]

　图「預報／預測」他「預測」

例 A sales **forecast** is essential for managing a business.

　「銷售預測是經營一家公司不可或缺的。」

類 **predíction**「預言」

197 ☐ **inconvenience** [͵ɪnkən`vinjəns] 图「不便」

例 We are sorry for any **inconvenience** this may cause.

　「我們對這件事可能造成的不便感到十分抱歉。」

反 **convénience**「便利／合宜」
形 **ìnconvénient**「不便的」

198 ☐ **objective** [əb`dʒɛktɪv]
　　名「目標／目的」　形「**客觀的**」
類 **áim / góal / óbject**「目的」
反 **subjéctive**「主觀的」

199 ☐ **intention** 名 [ɪn`tɛnʃən]
　　名「**意圖／意思**」
例 I have no **intention** of disturbing your work.
　　「我沒有意圖要打擾你的工作。〔我無意打擾你的工作。〕」
⏀ **have no intention of ~** Ving [to V] 指「沒有意圖」。
類 **áim / púrpose**「意圖」
動 **inténd (to V)**「打算」
形 **inténtional**「有意的／故意的」
副 **inténtionally**「有意地／故意地」

解答
❶ 特色〔吸引人的事物〕
❷ （D）（A）opposition「反對」／（B）objection「反對」／（C）subject「題材／學科」（➡❶584）／（D）aim「目標」（➡❶178）
譯「他們已經達成目標。」

- 將句中劃底線的單字譯成中文填入空格。
☑❶ The next <u>faculty meeting</u> will be held on February 8.

「下次（　　　　）預計在2月8日召開。」

- 從（A）～（D）中選出底線單字的同義詞。
☑❷ I spent the <u>remainder</u> of the day reading.

（A）reminder （B）morning
（C）mood （D）rest

---

200 ☑ **reminder** [rɪ`maɪndə]

名 ❶「引人回憶的東西」❷「催促函」

例 The damaged building is a **reminder** of the earthquake.

「這棟損壞的建築令人想起地震。」

動 **remínd**「使想起」

201 ☑ **remainder** [rɪ`mendə] 名「剩餘／多餘」

類 **rést**「剩餘」

動 **remáin**「保持」

202 ☑ **prospect** [`prɑspɛkt] 名「前景／可能性」

例 His **prospects** for success are good.

「他的成功前景大好。」

類 **chánce**「機會」、**pòssibílity**「可能性」

203 ☑ **expectation** [ˌɛkspɛk`teʃən]

名「期待／預期」

例 The trip exceeded our **expectations**.

「這趟旅行超乎我們的期待。」

類 **hópe / antìcipátion**「期待」

動 **expéct**「期待」

204 ☑ **incident** 名 [`ɪnsədnt]

名「事情／事件」

例 The police are investigating the **incident**.

「警察正在調查這個事件。」

類 **evént**「事情／事件」

205 ☑ **faculty** [`fækl̩tɪ]

名 ❶「（大學的）各院系教授群／全體教職員」

❷「能力」

類 **abílity / capácity**「能力」

解答

❶ 教職員會議

❷（D）（A）reminder「引人回憶的東西」（➡200）／
（B）morning「早上」／（C）mood「氣氛」
（➡❶137）／（D）rest「剩餘」

譯「我用這天剩餘的時間來閱讀。」

名詞（35）一般用語

- 將句中劃底線的單字譯成中文填入空格。

☐❶ He read the <u>summary</u> of the report.

　「他讀了這份報告的（　　　）。」

- 從（A）～（D）中選出底線單字的同義詞。

☐❷ The <u>sum</u> came to over $2,000.

　（A）sale 　　　　（B）total

　（C）profit 　　　（D）price

---

206 ☐ **session** [ˋsɛʃən]

　图「**會議／（議會的）會期**」

例 He wasn't able to attend the first **session**.

　「他未能出席第一次的會議。」

類 **méeting**「會議」

207 ☐ **structure** [ˋstrʌktʃɚ]

　图「**構造／結構**」

例 Our study focuses on the **structure** of DNA.

　「我們研究的重點是DNA的結構。」

208 ☐ **summary** [ˋsʌmərɪ]

　图「**摘要／概要**」

類 **óutlìne**「概要」

動 **súmmarìze**「摘要」

209 ☑ **sum** [sʌm]

　图 ❶「總額／合計」❷「摘要」

　他 ❶「合計」❷「將～概要之」

　自「合計為」<to / into>

例 Enormous **sums** were spent on the repairs.

　「修復花去龐大的金額。」

類 **amóunt**「總額」、**tótal**「合計」

　súmmary「摘要」

210 ☑ **amount** [ə`maʊnt]

　图「總額／數量」自（**amount to ~**）「共計」

例 This program needs a large **amount** of money.

　「這項計畫需要一筆龐大的金額。」

例 His debt **amounts to** $1,000.

　「他的借款共計1,000美元。」

類 **súm**「總額」、**quántity**「數量」

211 ☑ **unit** [`junɪt] 图「（構成）單位／一組」

例 Chairs are sold per **unit** at this store.

　「這家店的椅子是以一張為單位〔單張〕來賣的。」

解答

❶ 摘要

❷ （B）（A）sale「販賣／銷售（量）」／（B）total
「合計」／（C）profit「利潤」（➡❶024）／
（D）price「價格」

譯「總額超過2,000美元。」

名詞（36）一般用語

- 將句中劃底線的單字譯成中文填入空格。
☑❶ Are there any <u>landmarks</u> nearby?
　「附近有任何的（　　　）嗎？」
- 從（A）～（D）中選出最適當的選項填入空格裡。
☑❷ The children developed allergic（　　）.
　（A）symptoms　　　（B）pensions
　（C）dentists　　　（D）flu

---

212 ☑ **poll** [pol]
　名 ❶「民意調查」❷「投票／投票數」
例 The **poll** shows that a majority of people are against the war.
　「根據民意調查顯示，大部分的人民反對戰爭。」

213 ☑ **landmark** [ˋlændˌmɑrk]
　名「地標／歷史建築」

214 ☑ **symptom** [ˋsɪmptəm] 名「徵兆／症狀」
類 **sígn**「徵兆」

215 ☑ **stability** [stəˋbɪlətɪ] 名「安定」
例 The country needs economic **stability** first.
　「這個國家首先需要經濟穩定。」

動 **stábilìze**「使安定」
形 **stáble**「安定的」

216 ☑ **trial** [ˋtraɪəl]
　名 ❶「**審判**」❷「**嘗試**」❸「**試驗**」

例 He was brought to **trial** for receiving bribes.
　「他因收受賄賂而接受審判。」
類 **cáse**「審判」、**attémpt**「嘗試」、**tést**「試驗」
動 **trý**「嘗試」

217 ☑ **occasion** [əˋkeʒən]
　名「（特定的）**時刻／重大活動**」

例 She wears her red dress on special **occasions**.
　「她在特別的時刻穿上她的紅洋裝。」
類 **tíme**「時刻」、**evént**「重大活動」
形 **occásional**「偶爾的」
副 **occásionally**「偶爾」

解答

❶ 地標

❷ （A）（B）pension「養老年金」（➡218）／
　（C）dentist「牙醫」（➡❶076）／
　（D）flu「流行性感冒」（➡❶081）
譯 「孩子們出現過敏症狀。」

- 將句中劃底線的單字譯成中文填入空格。
- ☐❶ There are many skyscrapers in that city.
  「那座城市有很多（　　）。」
- 從（A）～（D）中選出底線單字的同義詞。
- ☐❷ You need to use this device with caution.
  - （A）interval　　　（B）demand
  - （C）care　　　　（D）response

218 ☐ **pension** [`pɛnʃən] 图「**養老年金**」

例 He receives a **pension** of \$1,000 per month.

「他每個月領取1,000美元的養老年金。」

類 **annúity**「養老年金」

219 ☐ **skyscraper** [`skaɪ͵skrepɚ] 图「**摩天大樓**」

220 ☐ **caution** [`kɔʃən] 图「**小心／警告**」

類 **cáre**「小心」、**wárning**「警告」

221 ☐ **identification** [aɪ͵dɛntəfə`keʃən]
　　图「**身分證明（身分證）**」

例 Could you show me your **identification**, please?

「可否請您出示身分證？」

動 **idéntify**「驗明身分」

相關 **idéntity**「獨特性／個性」

222 ☑ **majority** [mə`dʒɔrətɪ]

图「大多數／多數派」

例 The **majority** voted for him because he is a Democrat.

「大多數人因他是民主黨員而投票給他。」

反 **minórity**「少數／少數派」

形 **májor**「主要的／較大的」

223 ☑ **remark** [rɪ`mɑrk]

图「意見／評論」他「談到」

例 He made rude **remarks** about her.

「他對她做了粗魯的評論。」

例 She **remarked** that she liked the band.

「她談到她喜歡這個樂團。」

類 **opínion** / **víew**「意見」

sáy「說」

⏰ **remark**比**say**說法生硬。

第3章

解答

❶ 摩天大樓

❷ （C）（A）interval「間隔」／（B）demand「需要／要求」（➡❶048）／（C）care「注意」／（D）response「回答」（➡❶247）

譯「你必須小心使用這個裝置。」

- 將句中劃底線的單字譯成中文填入空格。
☑❶ This work is one of his masterpieces.
　　「這部作品是他的（　　）之一。」
- 從（A）～（D）中選出底線單字的同義詞。
☑❷ He can explain difficult concepts very clearly.
　　（A）languages　　　（B）ideas
　　（C）questions　　　（D）problems

224 ☑ **masterpiece** [`mæstɚ͵pis]
　　名「傑作／名作」

225 ☑ **critic** [`krɪtɪk]
　　名「批評家」

例 **Critics** say that the policy will not be effective.
　　「批評家説，該政策不會產生效果。」

動 **críticìze**「批評」

形 **crítical**「批評的」

226 ☑ **reputation** [͵rɛpjə`teʃən]
　　名「聲望／名聲」

例 He has a good **reputation** as a teacher.
　　「身為老師，他聲望極佳。」

227 ☐ **pile** [paɪl]

图「**堆積**／（堆積如）**山**」

他「**堆疊**」自「**堆積**」

例 There is a **pile** of books on the desk.

「桌上的書堆積如山。」

⏱ **a pile of** ~「一堆」，pile用單數形。

類 **a stáck of** ~「一堆」

228 ☐ **concept** [ˋkɑnsɛpt] 图「**概念**／**觀念**」

類 **idéa**「概念」

動 **concéive**「想到」

229 ☐ **recognition** [ˌrɛkəgˋnɪʃən]

图「**認識**／**承認**／**評價**」

例 He got worldwide **recognition** as a photographer.

「身為攝影師，他得到了世界性的認可。」

類 **idèntificátion**「認識」

acknówledg(e)ment「承認」

動 **récognìze**「承認」

解答

❶ 傑作

❷（B）（A）language「語言」／（B）idea「概念／想法」／（C）question「問題」／（D）problem「問題」

譯「他能清楚解釋難懂的概念。」

- 將句中劃底線的單字譯成中文填入空格。
☑❶ They endured many <u>hardships</u> during the war.

「他們在戰爭期間忍受許多（　　）。」

- 從（A）～（D）中選出底線單字的同義詞。
☑❷ She is full of <u>vitality</u>.

（A）energy　　　（B）wisdom
（C）ability　　　（D）talent

230 ☑ **vitality** [vaɪˋtælətɪ]

图「活力／朝氣／生命力」

類 **énergy**「活力」

形 **vítal**「生命的／極其重要的」

副 **vítally**「充滿活力地／極其重要地」

231 ☑ **passion** [ˋpæʃən]

图「熱情／熱衷／（強烈的）感情」

例 Ha has a **passion** for cooking.

「他熱衷於料理。」

類 **enthúsiàsm**「熱衷」

形 **pássionate**「熱烈的／（感情）激烈的」

232 ☐ **hospitality** [ˌhɑspɪˈtælətɪ] 图「殷勤招待」

例 We enjoyed the warm **hospitality** of our friends.

「我們享受朋友們的熱情招待。」

233 ☐ **hardship** [ˈhɑrdʃɪp] 图「艱苦」

234 ☐ **expansion** [ɪkˈspænʃən] 图「擴大／擴張」

例 The company is planning the **expansion** of its business.

「公司正計畫將事業擴大。」

類 **enlárgement**「擴大」

動 **expánd**「擴展／擴大」

形 **expánsive**「廣闊的／廣泛的／膨脹的」

235 ☐ **essence** [ˈɛsns]
图「本質／最重要的要素」

例 Trust is the **essence** of leadership.

「信賴是領導人最重要的要素。」

形 **esséntial**「不可或缺的／本質的」

副 **esséntially**「本來」

解答

❶ 艱苦

❷ （A）（A）energy「活力」／（B）wisdom「智慧」／（C）ability「能力」／（D）talent「才能」

譯「她充滿活力。」

- 將句中劃底線的單字譯成中文填入空格。

☑❶ What is the <u>width</u> of the river?

「這條河的（　　　）多少？」

- 從（A）～（D）中選出底線單字的同義詞。

☑❷ We have <u>plenty of</u> time to complete this project.

（A）a lot of　　　　　（B）some

（C）a little　　　　　（D）little

---

236 ☑ **plenty** [ˋplɛntɪ] 图「**很多／多數／大量**」

片 **plenty of** ~「很多的／多數〔大量〕的」

類 **a lot of** ~「很多的」

237 ☑ **width** [wɪdθ] 图「**寬度／幅度**」

類 **bréadth**「幅度」

形 **wíde**「寬廣的／廣闊的」

副 **wídely**「寬廣地／廣闊地／廣大地」

238 ☑ **viewpoint** [ˋvju͵pɔɪnt]

图「**觀點／觀察（某事物的）位置**」

例 You need to look at the problem from a different **viewpoint**.

「你要從不同的觀點來看待這個問題。」

類 **póint of víew / perspéctive / stándpòint**
「觀點」

239 ☐ **economist** [iˋkɑnəmɪst]
名「**經濟學者**」

例 We're planning to invite some **economists** from Europe.
「我們正在計畫邀請一些來自歐洲的經濟學者。」

形 **èconómic**「經濟的」
èconómical「經濟上的／節省的」
副 **èconómically**「在經濟上／節省地」
相關 **ecónomy**「經濟」

240 ☐ **pause** [pɔz]
名「暫停／中止」
自「暫停／中止」

例 After a brief **pause** he began talking again.
「在短暫停頓後，他又開始說話。」

類 **stóp / hált / bréak**「中止／中斷」

解答

❶ 寬度

❷（A）（A）a lot of「很多的」／（B）some「一些／稍微」／（C）a little「一點點」／（D）little「少」

譯「我們有很多時間來完成這個計畫。」

- 將句中劃底線的單字譯成中文填入空格。

☑❶ He is majoring in chemistry.

「他主修（　　　）。」

- 從（A）～（D）中選出底線單字的同義詞。

☑❷ Refer to the chart on the next page.

（A）number 　　（B）content

（C）summary 　　（D）graph

---

241 ☑ **chart** [tʃɑrt]

图「圖／圖表／曲線圖」

類 **gráph**「圖表」

242 ☑ **headline** [ˈhɛdˌlaɪn]

图「標題／（報紙等的）頭版標題」

例 Their marriage dominated the **headlines** for a few days.

「他們結婚的消息獨占報紙頭版標題好幾天。」

243 ☑ **essay** [ˈɛse]

图「隨筆／散文」

例 I would like to learn how to write a good **essay**.

「我想要學習如何寫出好的散文。」

92

244 ☑ **column** [`kɑləm]

图 ❶「專欄」 ❷「圓柱」

例 His **column** appears in the local newspaper on Fridays.

「他的專欄每週五刊登在當地報紙上。」

245 ☑ **chemistry** [`kɛmɪstrɪ] 图「**化學**」

形 **chémical**「化學的／化學上的」

246 ☑ **biology** [baɪ`ɑlədʒɪ]

图「**生物學／生態學**」

例 She is very interested in **biology**.

「她對生物學非常有興趣。」

形 **bìológical**「生物的／生物學的」

247 ☑ **farewell** [`fɛr`wɛl]

图「**告別（辭）**」 形「**告別的**」

例 More than 100 people attended his **farewell** party.

「超過100人參加了他的歡送會。」

解答

❶ 化學

❷ （D）（A）number「數字」／（B）content「內容」（➡657）／（C）summary「摘要」（➡208）／（D）graph「圖表」

譯「請參照下一頁的圖表。」

> ● 將句中劃底線的單字譯成中文填入空格。
> ☐❶ Use this tool to <u>adjust</u> the machine.
>   「請使用這個工具來（　　）機器。」
> ● 從（A）～（D）中選出底線單字的同義詞。
> ☐❷ He finally <u>accomplished</u> his goal.
>   （A）invented　　（B）achieved
>   （C）announced　　（D）gave up

248 ☐ **accomplish** [ə`kɑmplɪʃ] 他「**完成**」
類 **achíeve / fulfíll**「完成」
名 **accómplishment**「達成／成就」

249 ☐ **achieve** [ə`tʃiv] 他 自「**完成**」
例 I've **achieved** my dream of becoming an actress.
「我實現了成為一位女演員的夢想。」
類 **accómplish / fulfíll**「完成」
名 **achíevement**「達成／成就」

250 ☐ **fulfill** [ful`fɪl] 他「**完成／達成／滿足**」
例 He **fulfilled** his duties as a chairperson.
「他完成了身為主席的責任。」
類 **achíeve / accómplish**「完成」
名 **fulfíllment**「實現／達成」

251 ☑ **adjust** [əˋdʒʌst]

　他「校準／使適合」

　自「適應」

囷 **adápt**「使適合／適應」

名 **adjústment**「調整」

252 ☑ **enrol(l)** [ɪnˋrol]

　他「使登錄／使入學〔入會〕」

　自「登錄／入學〔入會〕／註冊」

例 There are currently over 10,000 students
enrolled in the university.

　「目前這所大學註冊的學生超過10,000名（有超過
10,000名學生在學）。」

囷 **régister**「登錄」

名 **enróllment**「入學／入會／招生（人數）」

第4章

解答

❶ 校準

❷ （B）（A）invent「發明」（➡373）／
　（C）announce「宣布」（➡❶274）／
　（D）give up「放棄」

譯「他終於完成目標。」

動詞（2）

- 將句中劃底線的單字譯成中文填入空格。

☐❶ Her parents <u>discouraged</u> her from going to the place.

「她的父母（　　　）她前往那個地方。」

- 從（A）～（D）中選出最適當的選項填入空格裡。

☐❷ I'm sorry to (　　) you, but could I ask a question?

（A）bother 　　　　（B）wait

（C）accompany 　　（D）refuse

---

253 ☐ **bother** [`baðɚ]

他「打擾／煩惱」

自「擔心」

類 **annóy**「打擾」

wórry「擔心／讓人擔心」

254 ☐ **discourage** [dɪs`kɝɪdʒ]

動 ❶「使沮喪」

　 ❷「勸阻」

類 **dìsappóint**「使失望」

反 **encóurage**「鼓勵」

名 **discóuragement**「洩氣」

形 **discóuraging**「令人洩氣的」

255 ☑ **fascinate** [`fæsn͵et]

　囲「迷住／強烈地吸引」

例 She was **fascinated** by the beautiful scenery.

　「她被美麗的景色迷住了。」

名 **fàscinátion**「陶醉」

形 **fáscinàting**「迷人的」

256 ☑ **frustrate** [`frʌs͵tret]

　囲「使挫折」

例 He was **frustrated** in his attempt to get a better job.

　「他試圖尋找更好的工作卻遭受挫折。」

名 **frustrátion**「挫折／挫敗」

257 ☑ **puzzle** [`pʌzl̩]

　囲「使困惑／使窘困」

　自「傷腦筋」名「難題」

例 She was **puzzled** by his behavior.

　「她對他的行為感到困惑。」

類 **confúse / perpléx**「使困惑」

解答

❶ 勸阻

❷ （A）（B）wait「等待」／（C）accompany「陪同」（➡397）／（D）refuse「拒絕」（➡287）

譯「抱歉打擾，可否請教您一個問題？」

主題 44 ▶ 動詞（3）

- 將句中劃底線的單字譯成中文填入空格。

☑❶ His boss praised him for his good work.

「他的老闆（　　　）他的好表現。」

- 從（A）～（D）中選出底線單字的同義詞。

☑❷ I was irritated by his carelessness.

（A）annoyed　　　（B）discouraged

（C）impressed　　（D）amazed

---

258 ☑ **irritate** [`ɪrəˌtet]

㉖「使煩躁」

㉝ **annóy**「使煩躁」

㉟ **írritàting**「煩人的」

259 ☑ **impress** [ɪm`prɛs]

㉖「使感動」

㉕ I was deeply **impressed** by his speech.

「我被他的演説深深感動。」

㉝ **móve**「感動」

㊀ **impréssion**「印象」

㉟ **impréssive**「印象深刻的」

260 ☑ **upset** [ʌpˋsɛt]

他「使心煩意亂」

例 She was really **upset** when she found out that he was going to quit.

「當她發現他即將離職時，她感到非常心煩。」

⏱ 時態變化 **upset-upset-upset**

261 ☑ **frighten** [ˋfraɪtn̩]

他「使害怕」

例 The child was **frightened** at the sight of the dog.

「這個孩子看到狗就害怕。」

類 **scáre**「嚇」

名 **fríght**「驚恐」

形 **fríghtening**「令人恐懼的」

262 ☑ **praise** [prez]

他「誇讚／讚揚」

名「讚美／讚揚」

類 **admíre**「稱讚」

解答

❶ 誇讚

❷ （A）（A）annoy「使煩躁」／（B）discourage「使沮喪」（➡254）／（C）impress「使感動」（➡259）／（D）amaze「使驚訝」（➡❶266）

譯「他的粗心令我感到煩躁。」

- 將句中劃底線的單字譯成中文填入空格。
- ☑❶ They <u>blamed</u> him for the accident.

  「他們因這件事故（　　）他。」
- 從（A）～（D）中選出底線單字的同義詞。
- ☑❷ He greatly <u>amused</u> the audience with his humorous story.

  （A）bored 　　　　（B）entertained

  （C）surprised 　　（D）embarrassed

263 ☑ **accuse** [əˋkjuz]

　⑩ ❶「指控」❷「指責」

例 They **accused** me of having lied.

　「他們指責我說謊。」

類 **chárge** / **bláme** / **críticize**「指責」

264 ☑ **blame** [blem] ⑩「指責」⑧「責備」

類 **accúse** / **críticize**「指責」

265 ☑ **embarrass** [ɪmˋbærəs]

　⑩「窘迫／困惑」

例 I was **embarrassed** when I couldn't answer the question.

　「當我無法回答這個問題時，我覺得好窘迫。」

類 **confúse**「使困惑」

名 **embárrassment**「為難／尷尬」

形 **embárrassing**「令人尷尬的」

266 ☑ **amuse** [ə`mjuz]

他「**使歡樂／逗人發笑**」

類 **èntertáin**「使歡樂」

名 **amúsement**「樂趣／娛樂」

形 **amúsing**「使（人）發笑的／有趣的／愉快的」

267 ☑ **admire** [əd`maɪr]

他「**誇讚／高度評價**」

例 He is **admired** for his leadership skills.

「他的領導能力受到高度評價。」

類 **práise**「誇讚」

名 **admirátion**「讚美／欽佩」

形 **ádmirable**「值得讚揚的」

解答

❶ 指責

❷ （B）（A）bore「使厭煩」（➡❶267）／
（B）entertain「使歡樂」（➡347）／（C）surprise
「使驚訝」／（D）embarrass「使困惑」（➡265）

譯「他用他的幽默故事大大地逗樂觀眾。」

- 將句中劃底線的單字譯成中文填入空格。

☐❶ This material <u>absorbs</u> water very well.

「這種素材非常能（　　）水分。」

- 從（A）～（D）中選出最適當的選項填入空格裡。

☐❷ I would（　　）it if you could help me.

（A）attract 　　　　（B）invite

（C）appreciate 　　（D）affect

---

268 ☐ **honor** [ˋɑnɚ]

　⑩「**稱讚／尊敬**」

　⑧「**名譽**」

例 A ceremony was held to **honor** their individual contributions to the community.

「這場典禮是為了向那些對社區有貢獻的人們表達敬意而舉辦的。」

片 **in hónor of ～**「向～表達敬意」

269 ☐ **appreciate** [əˋpriʃɪˌet]

　⑩「**感謝／高度評價**」

類 **appráise**「正確評價」

名 **apprèciátion**「感謝／高度評價」

270 ☑ **congratulate** [kənˋgrætʃəˌlet]

⑩「祝賀／恭喜」

例 They **congratulated** him on his promotion.

「他們祝賀他高升。」

名 **congràtulátion**「祝賀／祝賀詞」

⚡ **Congratulations!**「恭喜」

271 ☑ **acknowledge** [əkˋnɑlɪdʒ]

⑩「承認／告知收到」

例 He **acknowledged** his failure.

「他承認錯誤。」

名 **acknówleg(e)ment**「承認」

272 ☑ **absorb** [əbˋsɔrb] ⑩「吸收」

273 ☑ **attract** [əˋtrækt]

⑩「引起注意／吸引」

例 The festival **attracts** many tourists.

「這項節慶吸引很多觀光客。」

類 **dráw**「引起」

形 **attráctive**「有魅力的」

解答

❶ 吸收

❷ （C）（A）attract「吸引」（➡273）／（B）invite
「邀請」／（D）affect「影響」（➡❶273）

譯「如果你能幫我，我將不勝感激。」

第
4
章

動詞（6）

- 將句中劃底線的單字譯成中文填入空格。

☐❶ I have <u>secured</u> two tickets for the show.

「我（　　　）兩張表演門票。」

- 從（A）～（D）中選出底線單字的同義詞。

☐❷ We <u>assure</u> you that our products are of the highest quality.

  （A）decide　　　　（B）claim

  （C）guarantee　　　（D）tell

---

274 ☐ **assure** [əˋʃʊr] 他「**保證／使放心**」

類 **ensúre / guàrantée**「保證」

275 ☐ **ensure** [ɪnˋʃʊr] 他「**確保／保證**」

例 We will do everything we can to **ensure** safe delivery of your product.

「我們將會盡我們所能以確保你的商品安全送達。」

類 **assúre / guarantée / insúre**「保證」

276 ☐ **guarantee** [͵gærənˋti]

他「**保證**」名「**保證（書）**」

例 These products are **guaranteed** for a year.

「這些產品保固一年。」

類 **assúre / ensúre / insúre**「保證」
wárranty「保證（書）」

277 ☑ **insure** [ɪnˋʃʊr]
他「為～投保／保證」
例 This car is **insured** against theft.
「這台車投保了竊盜險。」
類 **assúre / ensúre / guarantée**「保證」
名 **insúrance**「保險」

278 ☑ **confirm** [kənˋfɝm]
他「確認／確定」
例 Don't forget to **confirm** your hotel reservation.
「別忘了確認你的訂房。」
名 **cònfirmátion**「確認」

279 ☑ **secure** [sɪˋkjʊr]
他 ❶「獲得」❷「保衛」
形 ❶「有把握的」❷「安全的」
名 **secúrity**「安全（保衛）／戒備」

第4章

解答
❶ 已經獲得
❷ （C）（A）decide「決定」／（B）claim「主張」
（➡316）／（D）tell「說」
譯「我們向您保證，我們的產品是最優質的。」

- 將句中劃底線的單字譯成中文填入空格。
- ☑❶ Mr. Baker <u>was appointed</u> chairperson of the board.

  「貝克先生（　　　）為董事會主席。」
- 從（A）～（D）中選出底線單字的同義詞。
- ☑❷ They <u>attempted</u> to take over the company.

  （A）tried 　　　　（B）hoped

  （C）started 　　　（D）intended

---

280 ☑ **attempt** [əˈtɛmpt]

　他「**試圖**」名「**嘗試**」

類 **trý**「試圖／試著」

片 **in an attémpt to** V ～「試圖去」

281 ☑ **appoint** [əˈpɔɪnt]

　他「**任命／指派**」

名 **appóintment**「任命／提名」

形 **appóinted**「任命的／委派的」

282 ☑ **nominate** [ˈnɑməˌnet]

　他「**指名／提名**」

例 He was **nominated** for the Nobel Peace Prize.

「他獲得諾貝爾和平獎提名。」

類 appóint「提名」

名 nòminátion「提名」

283 ☑ **discount** [`dɪskaʊnt]

他「**打折**」**名**「**折扣**」

例 All items are **discounted** by 20%.

「所有商品都打8折。」

284 ☑ **calculate** [`kælkjəˌlet]

他 **自**「**計算**」

例 I **calculated** the cost of the services.

「我計算了服務成本。」

類 cóunt「計算」

名 càlculátion「計算」

285 ☑ **weaken** [`wikən]

他「**削弱**」**自**「**變弱**」

例 His illness has **weakened** him considerably.

「他的病削弱了他大量體力。」

詞源 weak「弱的」＋en「使」

解答

❶ 被任命

❷（A）（A）try「嘗試」／（B）hope「希望」／

（C）start「開始」／（D）intend「打算」

譯「他們試圖接管這家公司。」

動詞（8）

● 將句中劃底線的單字譯成中文填入空格。

☑❶ The food company has filed for bankruptcy.

「這家食品公司已經（　　　）破產。」

● 從（A）～（D）中選出底線單字的同義詞。

☑❷ He declined the invitation to the party.

　　（A）accepted　　　　（B）received

　　（C）applied　　　　　（D）refused

---

286 ☑ **decline** [dɪ`klaɪn]

　　他「**謝絕**」 自「**衰退／下降**」 名「**衰退／下降**」

類 **turn down ~ / rejéct / refúse**「謝絕」

　　dècréase「下降」

反 **accépt**「接受」、**incréase**「增加」

287 ☑ **refuse** [rɪ`fjuz] 他 自「**謝絕／拒絕**」

例 She **refused** to answer my questions.

　　「她拒絕回答我的問題。」

類 **declíne / rejéct / turn down ~**「拒絕」

名 **refúsal**「拒絕／謝絕」

288 ☑ **reject** [rɪ`dʒɛkt] 他「**拒絕**」

例 The company **rejected** his demand.

　　「公司駁回他的要求。」

類 **turn down ~ / declíne / refúse**「拒絕」

名 **rejéction**「拒絕／駁回」

289 ☑ **arrest** [əˋrɛst]

他 ❶「逮捕」❷「制止（進行中的事）」

例 He was **arrested** for drunk driving.

「他因酒駕被逮捕。」

類 **àpprehénd**「逮捕」

290 ☑ **file** [faɪl]

他 ❶「歸檔」❷「正式提出」

自「申請」

名「檔案」

291 ☑ **await** [əˋwet] 他「等待」

例 We **awaited** the decision of the court.

「我們等待法院的判決。」

⚠ 比 **wait for ~**「等待」說法生硬，通常不用於「人等人」時。

解答

❶ 申請

❷ （D）（A）accept「接受」（➜❶272）／
（B）receive「收到」／（C）apply「應用」
（➜❶280）

譯「他謝絕了派對邀請。」

● 將句中劃底線的單字譯成中文填入空格。

☐❶ We should <u>concentrate</u> on solving the problem.

「我們（　　　）解決問題。」

● 從（A）～（D）中選出底線單字的同義詞。

☐❷ They had to <u>abandon</u> their studies for financial reasons.

（A）give up　　　（B）develop

（C）advance　　　（D）shorten

292 ☐ **associate** 他 自 [ə`soʃɪ͵et] 名 [ə`soʃɪət]

他 ❶「使有關」❷「聯想」自「交往」<with>

名「夥伴／同事」

例 Most environmental problems are **associated** with the use of fossil fuels.

「大部分的環境問題都和石化燃料的使用有關係。」

類 **cólleague** / **cówòrker**「同事」

名 **assòciátion**「協會／公會」

293 ☐ **concentrate** [`kɑnsɛn͵tret]

自「集中／專注」他「集中」

🕐 **cóncentràte on ~**「集中於」，**cóncentràte** _A_ **on** _B_「將A集中於B」，不論是及物或是不及物動詞，介係詞都接on。

類 **fócus**「集中」

名 **còncentrátion**「集中／集中力」

形 **cóncentràted**「集中／密集」

294 ☐ **abandon** [əˋbændən] 他「放棄／丟棄」

類 **give up ~**「放棄」

295 ☐ **charge** [tʃɑrdʒ]

他「收費／委任」 自「請求支付」

名「費用／責任」

例 The restaurant **charged** me $10 for a glass of beer.

「這家餐廳一杯啤酒收我10美元。」

296 ☐ **characterize** [ˋkærəktəˌraɪz]

他 ❶「具有～特徵」 ❷「描述」

例 He was **characterized** as an able lawyer.

「他被描述為一個有才能的律師。」

類 **distínguish**「使其顯出特色」

名 **cháracter**「性格／個性」

解答

❶ 應該專注於

❷（A）（A）give up「放棄」／（B）develop「發展」（➡❶263）／（C）advance「使前進」（➡❶254）／（D）shorten「使變短」（➡329）

譯「他們因經濟因素必須放棄研究。」

動詞（10）

● 將句中劃底線的單字譯成中文填入空格。

☐❶ I'll <u>forward</u> your email to Mr. Sasaki.

「我會（　　　）你的電子郵件給佐佐木先生。」

● 從（A）～（D）中選出最適當的選項填入空格裡。

☐❷ Please (　　) your résumé to this application.

（A）introduce　　　（B）attach

（C）offer　　　　　（D）devote

---

297 ☐ **attach** [ə`tætʃ]

他「附上／貼上」

名 **attáchment**「附加檔案／安裝」

298 ☐ **forward** [`fɔrwəd]

他「轉寄」形「前面的」副「向前」

⏱ 電子郵件中出現的Fw.就是此單字的縮寫。

片 **look fórward to ~**「滿心期待」

299 ☐ **enclose** [ɪn`kloz]

他「附在信內」

例 I **enclose** a check for $100.

「我隨信附了一張100美元的支票。」

名 **enclósure**「附件」

300 ☑ **devote** [dɪ`vot]

他（**devote O to ~**）「**將～奉獻給／把～專用於**」

片 **devóte** *oneself* **to ~**「**致力於／專心於**」

例 I **devoted myself to** working as a tour guide.

「我專心於導遊的工作。」

☝ **devote O to ~** 後面接動詞時，不是接V（動詞原形），而是如上面例句，加Ving（動名詞）。

類 **dédicàte**「奉獻」

名 **devótion**「致力／專心」

301 ☑ **beat** [bit]

他 ❶「**打敗（對手）／勝出**」❷「**敲打**」

自「**（心臟）跳動**」名「**跳動**」

例 The New York Yankees **beat** the Seattle Mariners.

「紐約洋基隊打敗了西雅圖水手隊。」

☝ 時態變化 **beat-beat-beaten**

類 **deféat**「擊敗」、**hít**「敲打」

解答

❶ 轉寄

❷ （B）（A）introduce「介紹／引進」（➡❶315）／（C）offer「提供」（➡❶325）／（D）devote「將～奉獻給」（➡300）

譯「請在這份申請表內附上你的履歷表。」

- 將句中劃底線的單字譯成中文填入空格。

☑❶ We concluded that we should change our working methods.

「我們（　　　），我們應該改變工作方法。」

- 從（A）〜（D）中選出最適當的選項填入空格裡。

☑❷ He (　　) a serious crime.

（A）committed 　　（B）communicated
（C）composed 　　（D）competed

---

302 ☑ **approve** [əˋpruv] 他 自 「核准／贊成」

例 The city council has **approved** a plan to build a bridge.

「市議會核准了一項建橋計畫。」

類 **agrée**「同意／贊成」

名 **appróval**「許可／核准」

---

303 ☑ **distinguish** [dɪˋstɪŋgwɪʃ]
他 「區別」

例 The twins are so alike that I can't **distinguish** one from the other.

「這對雙胞胎太過相似，以致於我無法區別他們兩人。」

ⓘ 常用的寫法是如例句中的**distinguish A from B**
「區別A和B」。

114

類 **tell** *A* **from** *B*「區別A和B」
名 **distínction**「區別」
形 **distínguished**「卓越的／著名的」

304 ☑ **conclude** [kən`klud]
他 自「**做出結論／結束**」
類 **fínish**「結束」
名 **conclúsion**「結論」

305 ☑ **commit** [kə`mɪt]
他 ❶「**犯（罪）**」❷「**承諾**」❸「**託付**」
名 **commítment**「承諾／獻身」
commíssion / committee「委員會」
片 **commít** *oneself* **to ~ / be committed to ~**
「獻身於／專心於」
例 He has **committed himself to** the study of medicine.
「他致力於醫學研究。」

解答
❶ 做出了結論
❷ （A）（B）communicate「傳達」／（C）compose「組成」（➡340）／（D）compete「競爭」（➡❶264）
譯「他犯了一件重大的罪行。」

- 將句中劃底線的單字譯成中文填入空格。

☐**❶** He <u>indicated</u> that he would resign soon.

「他（　　）不久後即將離職。」

- 從（A）～（D）中選出底線單字的同義詞。

☐**❷** The company <u>conducted</u> a comprehensive market survey.

（A）requested 　　　（B）carried out

（C）planed 　　　（D）put off

---

306 ☐ **conduct** 他 自 [kən`dʌkt] 名 [`kɑndʌkt]

　　他 自 **❶**「進行」**❷**「指揮」

　　名「行為」

類 **cárry out** ～「進行」

　　diréct「指揮」

　　behávior「行為」

307 ☐ **demonstrate** [`dɛmənˌstret]

　　他「說明／示範操作（銷售產品）／證明」

　　自「進行示威遊行」

例 I'll **demonstrate** how this machine works.

　　「我將示範這台機器如何運作。」

名 **dèmonstrátion**「示範操作／示威遊行」

308 ☑ **illustrate** [ˋɪləstret]
　他「說明／用實例證明」

例 He **illustrated** his theory with examples.

「他舉例說明自己的理論。」

類 **expláin**「說明」

名 **ìllustrátion**「實例／說明」

309 ☑ **indicate** [ˋɪndəˌket]
　他「指示／指出／暗示」

類 **shów**「展示」

名 **ìndicátion**「指示／徵兆」

310 ☑ **loosen** [ˋlusn]
　他「鬆開」自「放鬆」

例 He took off his glasses and **loosened** his necktie.

「他摘下眼鏡，並鬆開領帶。」

詞源 loose「鬆開的」＋en「使」

類 **unfásten**「鬆開」

形 **lóose**「鬆開的」

解答

❶ 暗示

❷ （B）（A）request「請求」（➡❶360）／
（B）carry ~ out／carry out ~「進行」（➡❶538）／
（C）plan「計畫」／（D）put ~ off／put off ~「延
期」（➡❶510）

譯「公司進行全面性的市場調查。」

- 將句中劃底線的單字譯成中文填入空格。
☐❶ He contributed a million dollars to the
　project.
　「他對這個計畫（　　）一百萬美元。」
- 從（A）～（D）中選出底線單字的同義詞。
☐❷ He emphasized the importance of marketing.
　（A）ignored　　　　（B）discussed
　（C）stressed　　　　（D）sought

311 ☐ **contribute** [kən`trɪbjut]
　自 ❶「貢獻／提供」 ❷「捐款」<to>
　他「給予／捐獻」

例 Smoking **contributes** to many health problems.
　「抽菸導致許多健康問題。」

⏺ 如例句，**contribute to ~** 也使用在負面的情況。

名 **còntribútion**「貢獻／捐款」

312 ☐ **emphasize** [`ɛmfə͵saɪz]
　他「強調／著重」

類 **stréss**「強調」
名 **émphasis**「強調」

313 ☐ **distribute** [dɪˋstrɪbjʊt]

他「分配／分發」

例 The supermarket will **distribute** coupons on Saturday and Sunday.

「超市將在週六及週日分送優惠券。」

類 **hand out ~**「分發」

名 **dìstribútion**「分配／分發」

314 ☐ **delay** [dɪˋle]

他「延誤」自「拖延」名「延誤」

例 The flight was **delayed** due to bad weather in London.

「這架班機因倫敦的惡劣天氣而延誤。」

類 **postpóne**「延期／延誤」

315 ☐ **expose** [ɪkˋspoz]

他（**expose** *A* **to** *B*）「將A暴露於B」

例 Do not **expose** the products to direct sunlight.

「請勿將此產品直接曝曬於陽光下。」

名 **expósure**「暴露〔被暴露〕」

解答

❶ 捐獻

❷ （C）（A）ignore「忽略」／（B）discuss「討論」／（C）stress「強調」／（D）seek「尋求」（➡❶346）

譯「他強調市場行銷的重要性。」

- 將句中劃底線的單字譯成中文填入空格。
☑❶ The man is <u>assembling</u> the chair.
　「這個男人（　　　）椅子。」
- 從（A）～（D）中選出最適當的選項填入空格裡。
☑❷ Please（　　　）your baggage at your final destination.
　（A）claim　　　　（B）sign
　（C）add　　　　　（D）complete

316 ☑ **claim** [klem]
他 ❶「主張／要求」
　❷「要求對某事物的所有權」
例 He **claimed** that he hadn't known it was illegal.
「他聲稱他不知道那是違法的。」
類 **insíst / assért**「主張」
　ásk / demánd「要求」
相關 **bággage cláim**「（機場的）行李認領處」

317 ☑ **declare** [dɪˋklɛr] 他 自「**宣布／聲明**」
例 The government **declared** a state of emergency.
「政府宣布進入緊急狀態。」
類 **procláim**「宣布」、**annóunce**「聲明」
名 **dèclarátion**「宣言／發表」

318 ☐ **assemble** [ə`sɛmbl̩]

　他 ❶「組裝」❷「聚集」

　自「聚集」

類 **búild / constrúct**「組裝」

　　gáther「收集／聚集」

名 **assémbly**「集會／會議」

319 ☐ **direct** 他 形 [də`rɛkt]

　他「為（人）指路／指揮」

　形「直接的／直行的」

例 Could you **direct** me to the nearest station?

　　「可以告訴我怎麼到最近的車站嗎？」

例 We took a **direct** flight to Sydney.

　　「我們搭直飛航班到雪梨。」

類 **gúide**「為人帶路」、**immédiate**「直接的」

反 **ìndiréct**「間接的」

名 **diréction**「指示／方向」

副 **diréctly**「直接地」

解答

❶ 正在組裝

❷ （A）（B）sign「署名」（➡❶351）／（C）add
　「增加」（➡❶259）／（D）complete「完成」
　（➡❶265）

譯「請在最終目的地領取你的行李。」

- 將句中劃底線的單字譯成中文填入空格。
☑❶ She <u>manages</u> two branches.
「她（　　）兩家分公司。」
- 從（A）～（D）中選出最適當的選項填入空格裡。
☑❷ You should （　　） a lawyer about the matter.
（A）confess　　　　（B）contribute
（C）consist　　　　（D）consult

---

320 ☑ **combine** [kəm`baɪn]

⑩「使結合／使聯合」

⑪「結合」

例 The best way to lose weight is to **combine** diet and exercise.

「減重最好的方式就是結合飲食控制與運動。」

名 còmbinátion「組合／結合」

321 ☑ **consult** [kən`sʌlt]

⑩「請教／與～商量」

名 consúltant「顧問／諮詢者」
cònsultátion「諮詢」

322 ☐ **manage** [`mænɪdʒ]

他「管理／經營」自「經營／設法做到」

類 **rún**「經營」、**admínister**「經營」

名 **mánager**「管理者」

mánagement「管理／經營／管理層」

🕐 不僅指經營者，也包括位居管理、監督立場的人。
例如 **personnél mánager**「人事部長」、**bránch mánager**「分店長」、**báseball mánager**「棒球經理」等。

片 **mánage to** V「設法去做」

例 I **managed to** get the tickets.
「我設法拿到了票。」

323 ☐ **confess** [kən`fɛs]

他 自「坦白／承認（罪行）」

例 He **confessed** that he had received a bribe.
「他坦承收賄。」

類 **admít**「承認」

名 **conféssion**「自白／坦白」

解答

❶ 管理

❷ （D）（A）confess「坦白」（➡323）／
（B）contribute「貢獻」（➡311）／
（C）consist of ～「由～組成」（➡❶289）

譯「你應該向律師諮詢這件事。」

● 將句中劃底線的單字譯成中文填入空格。

☑❶ We extended the contract with the company.

「我們和這家公司（　　　）合約。」

● 從（A）～（D）中選出底線單字的同義詞。

☑❷ They lowered the prices of all items.

　　（A）maintained　　　（B）raised

　　（C）reduced　　　　（D）charged

---

324 ☑ **enlarge** [ɪnˋlɑrdʒ]

　他「**擴大**」

　自「**變大**」

例 This graph is too small. **Enlarge** it.

　「這張圖太小了，請放大。」

詞源 en「使」＋large「大的」

類 **expánd**「擴大」

325 ☑ **expand** [ɪkˋspænd]

　他「**擴大**」

　自「**展開**」

例 We plan to **expand** our market in Europe.

　「我們計畫在歐洲擴大市場。」

類 **enlárge**「擴大／變大」

名 **expánsion**「擴大」

326 ☑ **extend** [ɪk`stɛnd]

　　他「**延長**」自「**擴大**」

類 **prolóng**「延長」

名 **exténsion**「延長／（電話的）內線」

形 **exténded**「長期的／延長的」

　　exténsive「廣泛的／廣大的」

副 **exténsively**「廣泛地／廣大地」

327 ☑ **lower** [`loɚ]

　　他「**減少／降下**」

⊘ 此單字也是 **low**「低的」的比較級。

類 **redúce / dècréase / léssen**「減少」

328 ☑ **flood** [flʌd]

　　他「**被水淹沒／大量湧進**」

名「**洪水**」

片 **be flóoded with ~**「充滿」

例 The website **was flooded with** complaints.

　　「這個網站充滿抱怨。」

解答

❶ 延長

❷ （C）（A）maintain「維持」／（B）raise「提高」
（➡❶295）／（C）reduce「減少」（➡❶292）／
（D）charge「請求支付」（➡295）

譯「他們將所有的產品降價。」

- 將句中劃底線的單字譯成中文填入空格。

☑❶ He had to <u>shorten</u> his vacation to deal with the problems.

「他必須（　　　）他的假期來處理問題。」

- 從（A）～（D）中選出底線單字的同義詞。

☑❷ We <u>acquired</u> a lot of information about him.

（A）had 　　　　　（B）needed

（C）got 　　　　　（D）gave

---

329 ☑ **shorten** [ˋʃɔrtn]

他「**縮短**」 自「**變短**」

詞源 short「短的」＋en「使」

類 **abrídge**「縮短」

---

330 ☑ **maximize** [ˋmæksəˌmaɪz]

他「**達到最大值**」

例 The system was installed to **maximize** efficiency.

「為了將效率提高至最大值而設置了該裝置。」

反 **mínimìze**「達到最小值」

名 **máximum**「最大量〔數目〕／最大限度」

331 ☐ **acquire** [əˋkwaɪr]

他「**得到**」

類 **gét / obtáin**「得到」

名 **àcquisítion / acquírement**「獲得」

332 ☐ **obtain** [əbˋten]

他「**得到**」自「**實行**（制度）」

例 The store has **obtained** permission to sell alcohol.

「這家店已經得到販賣酒精飲料的許可。」

類 **gét / acquíre**「得到」

333 ☐ **exceed** [ɪkˋsid]

他「**超過**」

例 The total production costs must not **exceed** $2,500.

「總生產成本不得超過2,500美元。」

類 **surpáss**「超過」

名 **excéss**「超過」

形 **excéssive**「過度的」

第
4
章

解答

❶ 縮短

❷（C）（A）have「有」／（B）need「必須」／
（C）get「得到」／（D）give「給」

譯「我們得到很多他的相關資訊。」

- 將句中劃底線的單字譯成中文填入空格。

☐❶ The museum <u>exhibits</u> a wide variety of paintings.

「博物館（　　　）許多不同種類的畫作。」

- 從（A）～（D）中選出底線單字的同義詞。

☐❷ This organization was <u>founded</u> in 1971.

（A）seen （B）observed

（C）blamed （D）established

---

334 ☐ **establish** [ə`stæblɪʃ] 他 「**建立／創辦**」

例 We have **established** friendly relationships with our customers.

「我們已經和客戶們建立了友好的關係。」

類 **fóund**「建立／創辦」

名 **estáblishment**「建立／設施／企業」

形 **estáblished**「已確立的」

335 ☐ **found** [faʊnd] 他 「**建立／創辦**」

☑ 此單字與 **find**「發現」的過去式及過去分詞的拼法完全一樣。

類 **estáblish**「建立／創辦」

名 **foundátion**「創辦／財團」

fóunder「創辦者」

336 ☑ **construct** [kən`strʌkt]

他「建造」

例 It cost $5,000 to **construct** the machine.

「製作這台機器花費5,000美元。」

類 **búild**「建造」

名 **constrúction**「建設」

337 ☑ **invest** [ɪn`vɛst]

他「投資」

自「投資」<in>

例 He **invested** $60,000 in stocks.

「他花了60,000美元投資股票。」

⏱ **invest** *A* **in** *B*「將A投資於B」，**invést in** ~「投資於」，不論是及物或是不及物動詞，介係詞都接in。

名 **invéstment**「投資」、**invéstor**「投資者」

338 ☑ **exhibit** [ɪg`zɪbɪt]

他「展示」

類 **displáy**「展示」

名 **èxhibítion**「展覽會／展示」

第4章

解答

❶ 展示

❷ （D）（A）see「看見」／（B）observe「觀察」（➡❶323）／（C）blame「指責」（➡264）

譯「這個組織成立於1971年。」

- 將句中劃底線的單字譯成中文填入空格。
☐❶ The two companies <u>cooperated</u> on the construction of the building.
　「兩家公司（　　　）建設建築物。」
- 從（A）～（D）中選出底線單字的同義詞。
☐❷ The company has <u>initiated</u> a plan to reduce its workforce.
　（A）begun　　　　（B）continued
　（C）ended　　　　（D）accomplished

339 ☐ **cooperate** [ko`ɑpə͵ret]
　㊙「合作／同心協力」
類 **colláboràte**「合作」
名 **cooperátion**「合作」

340 ☐ **compose** [kəm`poz]
　㊙「構成」
例 The committee is **composed** of ten members.
　「該委員會由十位會員構成。」
⏱ 常用的寫法是如例句中的 **be composed of ~**「由～構成」。
類 **make up ~** / **cónstitùte**「構成」
相關 **consíst of ~**「由～組成／由～構成」

341 ☐ **identify** [aɪˋdɛntəˌfaɪ]

他「**確認／認出是誰〔什麼〕／識別**」

例 Can you **identify** him?

「你認得出他嗎？」

名 **idéntity**「特性／個性」

idèntificátion「身分證明／身分證」

342 ☐ **depart** [dɪˋpɑrt]

他 自「**出發**」

例 Our flight **departs** from Terminal 1.

「我們搭乘的飛機從第一航廈出發。」

名 **depárture**「出發」

相關 **depártment**「（公司的）部門／課」

343 ☐ **initiate** [ɪˋnɪʃɪˌet]

他「**開始／開始進行**」

類 **begín / stárt**「開始／開始進行」

名 **inítiative**「率先／主導權／創制權」

第
4
章

解答

❶ 合作

❷ （A）（A）begin「開始」／（B）continue「繼
續」／（C）end「結束」／（D）accomplish「完
成」（➡248）

譯「公司已經開始進行一項計畫來減少人力。」

- 將句中劃底線的單字譯成中文填入空格。
☑❶ Many companies <u>are involved</u> in the project.
  「很多公司都（　　　）這項計畫。」
- 從（A）～（D）中選出最適當的選項填入空格裡。
☑❷ This factory is (　　) with the most advanced machines.
  （A）satisfied　　　（B）equipped
  （C）encountered　　（D）consumed

---

344 ☑ **involve** [ɪn`vɑlv]

　他 ❶「包含」

　　❷（**be involved**）「參與／關係到」<in / with>

類 **engáge**「從事」

名 **invólvement**「牽連」

345 ☑ **engage** [ɪn`gedʒ]

　他「使從事」

　自「從事」<in>

例 Many scientists are **engaged** in this research in various ways.

　「許多科學家用各種不同的方法從事這份研究。」

⚠ **be engaged in** ～ 為「從事」之意。

類 **be invólved**「牽涉」

346 ☑ **encountered** [ɪnˋkaʊntɚ]

他「偶遇／面對」

例 We **encountered** a lot of problems.

「我們面對了很多的問題。」

類 **come acróss** ~「偶遇」、**méet**「見面」

347 ☑ **entertain** [ˌɛntɚˋten]

他「使歡樂／招待」

例 He **entertained** us with interesting stories.

「他敘述有趣的故事帶給我們歡樂。」

類 **amúse**「使歡樂」

名 **èntertáiner**「帶來歡樂的人／款待者」

èntertáinment「娛樂／招待」

348 ☑ **equip** [ɪˋkwɪp]

他（**equip** *A* **with** *B*）「給A裝備B／給A配備B」

名 **equípment**「裝備」

第4章

解答

❶ 參與

❷（B）（A）satisfy「使（人）滿足／滿足（好奇心等）」／（C）encounter「偶遇」（➡346）／（D）consume「消費」（➡❶308）

譯「這家工廠備有最先進的機器。」

- 將句中劃底線的單字譯成中文填入空格。
- ❶ They <u>measured</u> the height of the building.
  「他們（　　）這棟建築物的高度。」
- 從（A）～（D）中選出最適當的選項填入空格裡。
- ❷ They were (　　) from working all night.
  （A）exhausted　　（B）approved
  （C）evaluated　　（D）processed

349 ☑ **estimate** 他 自 [`ɛstə͵met] 名 [`ɛstəmɪt]

　　他 自「**估算**」

　　名「**估算／估計數**」

例 He **estimated** that it would cost $5,000 to repair the damage.

「他估算修復這個損壞得要花5,000美元。」

350 ☑ **evaluate** [ɪ`væljʊ͵et]

　　他「**評價**」

例 Our employees are **evaluated** once a year.

「我們的員工每年接受一次評價。」

類 **asséss**「評價」

名 **evàluátion**「評價」

351 ☐ **measure** [ˈmɛʒɚ]

他「**測量**」名「**手段／對策**」

例 We should take some **measure** to protect the environment.

「我們應該採取一些對策以保護環境。」

類 **méans**「手段」、**wéigh**「秤重」

352 ☐ **exhaust** [ɪgˈzɔst]

他「**使精疲力盡／用完**」

類 **tíre**「使疲憊」、**use up** ～「用完」

353 ☐ **forbid** [fɚˈbɪd]

他「**禁止**」

（**forbid O from** Ving）「**禁止～做某事**」

例 Smoking is strictly **forbidden** anywhere within the stadium.

「體育場內全面嚴禁抽菸。」

⏱ 時態變化 **forbid-forbade-forbidden**

類 **prohíbit**「禁止」

解答

❶ 測量

❷ （A）（B）approve「認可」（➡302）／（C）evaluate「評價」（➡350）／（D）process「處理」（➡❶337）

譯「他們因徹夜工作而精疲力竭。」

- 將句中劃底線的單字譯成中文填入空格。
- ☐❶ The custom <u>originated</u> in China in the 12th century.

 「這個習俗（　　）於12世紀的中國。」
- 從（A）～（D）中選出最適當的選項填入空格裡。
- ☐❷ The factory will（　）job opportunities.

 （A）instruct （B）organize

 （C）generate （D）prove

---

354 ☐ **function** [ˋfʌŋkʃən]

 圓「運作」

 名「功能」

例 This computer isn't **functioning** properly.

「這台電腦無法正常運作。」

類 **wórk**「運作」

355 ☐ **explore** [ɪkˋsplor]

 他 自「探索／調查」

例 We need to **explore** the idea further.

「我們需要進一步探索這個想法。」

類 **invéstigàte**「調查」

名 **èplorátion**「探索／調查」

356 ☑ **generate** [ˋdʒɛnəˌret]
　　他「使發生／產生」
　類 **prodúce**「產生」
　名 **gènerátion**「世代」

357 ☑ **originate** [əˋrɪdʒəˌnet]
　　自「產生／起源」
　　他「起源」
　類 **aríse**「產生」
　名 **orìginátion**「起源」

358 ☑ **instruct** [ɪnˋstrʌkt]
　　他「教／指示」
　例 Please **instruct** me what to do next.
　　「請教我下一步要做什麼。」
　類 **téach**「教」
　　órder「指示」
　名 **instrúction**「指示」
　　instrúctor「指導者／教師／教練」
　形 **instrúctive**「教育的」

第4章

解答
❶ 起源
❷ （C）（A）instruct「教」（➡358）／
　　（B）organize「組織」／（D）prove「證明」
　　（➡❶342）
譯「該工廠將產生就業機會。」

● 將句中劃底線的單字譯成中文填入空格。

☐❶ They submitted the plan to the committee.

　「他們向委員會（　　）這個計畫。」

● 從（A）～（D）中選出最適當的選項填入空格裡。

☐❷ If you have any questions, please do not （　　） to contact us.

　（A）hesitate　　　（B）notify

　（C）agree　　　　（D）promote

---

359 ☐ **inspire** [ɪn`spaɪr]

　⑩「激勵／驅使」

例 His words **inspired** us all.

　「他的話激勵了我們所有人」

名 i`nspirátion「靈感／激勵」

360 ☐ **highlight** [`haɪ,laɪt]

　⑩「強調／使顯著」

　名「明亮的部分／最精彩的部分／最重要的地方」

例 Your résumé should **highlight** your skills, accomplishments and experiences.

　「你的履歷應該強調專長、成就和經驗」

361 ☑ **recruit** [rɪ`krut]

　他 自「**僱用**」

　名「**新進員工／新手**」

例 They plan to **recruit** more staff next year.

　「他們計畫明年僱用更多人員。」

類 **híre** / **emplóy**「僱用」

362 ☑ **hesitate** [`hɛzə͵tet]

　自「**猶豫／躊躇**」

363 ☑ **notify** [`notə͵faɪ]

　他「**通知／告知**」

例 She **notified** the police of the robbery.

　「她通知警察有搶劫。」

類 **infórm**「告知」

名 **nótice**「通知」

364 ☑ **submit** [səb`mɪt]

　他「**提出**」自「**使服從**」<to>

類 **hand in** ~「提出」

解答

❶ 提出

❷ （A）（B）notify「通知」（➡363）／（C）agree 「同意」／（D）promote「促進」（➡418）

譯「如果你有任何問題，請儘速與我們聯繫。」

● 將句中劃底線的單字譯成中文填入空格。

☐❶ The police are <u>investigating</u> the incident.

「警察（　　　）這個事件。」

● 從（A）～（D）中選出底線單字的同義詞。

☐❷ He had to <u>resign</u> because of the scandal.

（A）attend　　　　（B）participate

（C）remain　　　　（D）quit

---

365 ☐ **isolate** [ˋaɪsḷˏet] 他「**使孤立**」

例 New Zealand is geographically **isolated** from the rest of the world.

「紐西蘭在地理位置上與世界其他地區相對孤立。」

名 **isolátion**「孤立／隔離」

366 ☐ **resign** [rɪˋzaɪn] 他 自「**辭職**」

類 **léave / qúit**「辭職」

名 **rèsignátion**「辭職／辭任」

367 ☐ **persuade** [pɚˋswed]

他「**說服**」

例 I **persuaded** him to join the club.

「我說服他加入這個俱樂部。」

✐ **persuade O to V** 為「說服～做」之意。

類 **convínce**「說服」
名 **persuásion**「說服」

368 ☑ **investigate** [ɪnˈvɛstə͵get]
他 自「**調查／研究**」
類 **look into** ~「調查」
名 **invèstigátion**「調查／研究」

369 ☑ **interrupt** [͵ɪntəˈrʌpt]
他 自「**阻礙／打斷**」
例 May I **interrupt** you for a moment?
「我可以打斷你一下嗎？」
類 **suspénd**「打斷」
名 **ìnterrúption**「阻礙／打斷」

370 ☑ **outline** [ˈaʊt͵laɪn] 他「**概述**」名「**概要**」
例 He **outlined** the plan to us.
「他向我們概述了這個計畫。」
類 **súmmary**「概要／要點」

解答

❶ 正在調查

❷ （D）（A）attend「出席」（➡❶281）／
（B）participate「參加」（➡❶329）／
（C）remain「剩下」（➡❶294）／
（D）quit「辭職」（➡❶302）

譯「他因醜聞不得不辭職。」

● 將句中劃底線的單字譯成中文填入空格。

☑❶ We must <u>preserve</u> our cultural heritage.

「我們（　　）我們的文化遺產。」

● 從（A）～（D）中選出底線單字的同義詞。

☑❷ The girl is <u>stretching</u> her arms toward her mother.

　（A）raising　　　　（B）bending

　（C）touching　　　（D）extending

---

371 ☑ **stretch** [strɛtʃ]

　他「伸長（手腳等）／展開」

　自「伸長手腳」

　名「擴展／伸長」

　類 **exténd**「延伸／擴展」

372 ☑ **install** [ɪn`stɔl]

　他 ❶「安裝」

　　　❷「任命」

　例 He had a phone **installed** in his bedroom.

　「他在他的寢室安裝了電話。」

　名 **ìnstallátion**「安裝／設置」

373 ☑ **invent** [ɪn`vɛnt]

他「發明／創造」

例 The diesel engine was **invented** by Rudolph Diesel.

「柴油引擎是由魯道夫‧狄塞爾發明的。」

名 **invéntion**「發明／發明物」

374 ☑ **reprimand** 名 他 [`rɛprə‚mænd]

名「斥責／譴責」他「斥責／譴責」

例 The police officers were **reprimanded** for their actions.

「警官們因他們的行動而被譴責。」

類 **rebúke**「譴責」、**scóld**「責罵」

375 ☑ **preserve** [prɪ`zɝv]

他「保存／保護」

類 **consérve**「保存」、**protéct**「保護」

名 **prèservátion**「保存／保護」

解答

❶ 必須保護

❷ （D）（A）raise「提高」（➡❶295）／（B）bend 「彎曲」（➡410）／（C）touch「接觸」／ （D）extend「延長」（➡326）

譯「這女孩正向媽媽伸開雙臂。」

- 將句中劃底線的單字譯成中文填入空格。
☐❶ I got the cost of the tickets <u>refunded</u>.
　　「我拿到了門票（　　）費。」
- 從（A）～（D）中選出最適當的選項填入空格裡。
☐❷ Can I (　　) my driver's license online?
　　（A）overlook　　　　（B）function
　　（C）attempt　　　　（D）renew

376 ☐ **represent** [ˌrɛprɪˋzɛnt]
　　他「代表／表示」

例 She **represented** the company at the awards ceremony.
　　「她代表公司出席頒獎典禮。」

類 **stand for** ~「代表」

名 rèpresentátion「代表／表現」
　　rèpreséntative「代表」

形 rèpreséntative「代表性的」

377 ☐ **replace** [rɪˋples]
　　他「取代／以～代替」

例 We have to hire another lawyer to **replace** him.
　　「我們必須聘請其他的律師取代他。」

類 take the place of ~ / súbstitute「取代」
名 replácement「替代／替代者〔品〕」

378 ☑ **renew** [rɪˋnju]
　　他「**更新**」
　名 renéwal「更新」
　形 renéwable「可更新的」

379 ☑ **overlook** [͵ovɚˋlʊk]
　　他 ❶「**眺望**（建築物等）」
　　　　❷「**寬容**」❸「**忽略、沒注意到**」
　例 This hotel **overlooks** the Atlantic Ocean.
　　「在這家飯店可以眺望大西洋。」
　類 míss「遺漏」

380 ☑ **refund** [rɪˋfʌnd]
　　他「**退還**」
　　名「**退款**」
　類 repáy / rèimbúrse「退還」

解答
❶ 退
❷ （D）（A）overlook「眺望」（➡379）／
　（B）function「運作」（➡354）／（C）attempt
　「試圖」（➡280）
譯「我可以在線上更新駕照嗎？」

- 將句中劃底線的單字譯成中文填入空格。

☐❶ Five members <u>voted against</u> the resolution.

「五位成員對該決議案（　　）。」

- 從（A）～（D）中選出最適當的選項填入空格裡。

☐❷ We were (　　) to make every effort to improve our services.

（A）tried 　　　　（B）determined

（C）suggested 　　（D）influenced

---

381 ☐ **determine** [dɪˋtɝ·mɪn]

他「**決心／對（人）下定決心／決定**」

☝ 常用的寫法是如例句中的 **be determined to** V「下定決心做」。

類 **decíde**「決定」

名 **detèrminátion**「決心／決定」

382 ☐ **resolve** [rɪˋzɑlv]

他 自「**解決／決心**」

例 The company has many problems to **resolve**.

「這間公司有很多問題待解決。」

類 **sólve / séttle**「解決」

　　detérmine / decíde「決心」

名 **rèsolútion**「決心／決議」

383 ☑ **vote** [vot]

　他 自「**投票**」名「**投票**」

384 ☑ **remind** [rɪˋmaɪnd]

　他「**使想起**」

例 This picture **reminds** me of my trip to Italy.

「這張照片讓我想起我的義大利之旅。〔看到這張
照片就想起我的義大利之旅。〕」

✐ **remind** *A* **of** *B* 為「使A想起B」之意。

名 **reminder**「引人回憶的事物／
（有助記憶的）提示」

385 ☑ **remove** [rɪˋmuv]

　他「**移除**」

例 His name was **removed** from the list.

「他從名單中被除名了。」

類 **eliminate**「除去」、**delete**「刪除」

名 **removal**「除去／免職」

解答

❶ 投下反對票

❷ （B）（A）try「嘗試」（不適用被動語態）／
（C）suggest「提議」（➡❶362）／
（D）influence「影響到」

譯「我們決心盡一切努力以改善服務。」

- 將句中劃底線的單字譯成中文填入空格。
- ☑❶ After a break of two years, she <u>resumed</u> her studies at the university.

  「在休息兩年之後，她（　　）在大學裡的研究。」
- 從（A）～（D）中選出底線單字的同義詞。
- ☑❷ I <u>reserved</u> a room at the hotel.

  （A）canceled　　（B）stayed at

  （C）booked　　（D）recommended

---

386 ☑ **reserve** [rɪˋzɝv]

　他「**預約／保存**」 名「**儲藏**」

　類 **bóok**「預約」

387 ☑ **resume** [rɪˋzum]

　他「**重新開始／重啟**」 自「**重新開始**」

　⚠ 注意勿與 **résumé** [ˌrɛzʊˋme]「履歷表」混淆！

　類 **rèstárt**「重新開始」

　　 reópen「重新開幕（店等）」

388 ☑ **recover** [rɪˋkʌvɚ]

　他「**重獲**」 自「**恢復**」

　例 The doctor said you would **recover** soon.

　　「醫生說你很快就能恢復了。」

類 **regáin**「取回」
名 **recóvery**「重獲／恢復」

389 ☑ **restrict** [rɪˋstrɪkt]
他「**限制**」

例 The speed is **restricted** to 50 mph (80 km/h).
「速限是每小時50英里（每小時80公里）。」
類 **límit**「限制」
名 **restríction**「限制」

390 ☑ **weigh** [we]
他「**秤重**」自「**有～重量**」

例 The clerk **weighed** the parcel.
「店員秤了包裹的重量。」
例 He **weighs** 65 kg.
「他體重65公斤。」
類 **méasure**「測量」
名 **wéight**「重量」

解答

❶ 重啟

❷ （C）（A）cancel「取消」（➡❶283）／（B）stay
at ～「停留」／（C）book「預約」（➡❶567）／
（D）recommend「推薦」（➡❶357）
譯「我在飯店預約了一間房間。」

● 將句中劃底線的單字譯成中文填入空格。

☑❶ They are going to <u>remodel</u> the hotel next month.

「他們下個月將（　　　）這間飯店。」

● 從（A）～（D）中選出底線單字的同義詞。

☑❷ She <u>placed</u> the book on the table.

（A）put （B）requested

（C）needed （D）read

---

391 ☑ **place** [ples]

〔他〕「**放置**」〔名〕「**地方**」

〔片〕**place an órder**「下訂單」

〔例〕I **placed an order** for the book online.

「我在網路上訂書。」

〔類〕**pút**「放置」

392 ☑ **regulate** [ˋrɛgjəˌlet]

〔他〕「**規範／調整**」

〔例〕Alcohol sales are **regulated** in many countries.

「酒類銷售在許多國家受到規範。」

〔類〕**contról**「控制」

〔名〕**règulátion**「規範／規則」

393 ☑ **obey** [əˋbe]

他「**聽從／遵守**（規則等）」

例 Drivers must **obey** traffic rules at all times.

「駕駛必須時時遵守交通規則。」

類 **fóllow / obsérve**「聽從」

名 **obédience**「聽從／順從」

形 **obédient**「順從的」

394 ☑ **respond** [rɪˋspɑnd]

自 他「**回答／做出反應**」<to>

例 He **responded** quickly to my question.

「他迅速回答我的問題。」

類 **ánswer / replý**「回答」

名 **respónse**「回答／反應」

395 ☑ **remodel** [riˋmɑdl̩]

他「**改建／改裝**」

名 **rèmódeling**「改裝」

第4章

解答

❶ 改建

❷（A）（A）put「放置」／（B）request「請求」
（➡❶360）／（C）need「必須」／（D）read「閱讀」

譯「她把書置於桌上。」

● 將句中劃底線的單字譯成中文填入空格。

☑❶ How can they <u>justify</u> spending so much money on the project?

「這個計畫花費如此龐大的金錢，他們要如何（　　　）？」

● 從（A）～（D）中選出底線單字的同義詞。

☑❷ Ms. Jones <u>mentioned</u> the book in class.

（A）displayed　　　（B）referred to

（C）borrowed　　　（D）apologized for

---

396 ☑ **justify** [`dʒʌstə͵faɪ] 他「**證明正當性**」

名 **jùstificátion**「正當理由」

397 ☑ **accompany** [ə`kʌmpənɪ]

他「**陪同／伴隨**」

例 Paul was **accompanied** by his girlfriend.

「保羅由他的女友陪同。」

類 **go with** ~「與~同行」

398 ☑ **refer** [rɪ`fɝ]

自 ❶「**提及**」❷「**參考**」他「**轉介（人）於**」<to>

例 Please **refer** to the manual for more information.

「請參考手冊以獲取更多資訊。」

類 **méntion**「提及」

名 **réference**「提及／參考」

399 ☑ **mention** [ˋmɛnʃən]

　　他「**提及／說出／述說**」

類 **refér (to)** ~「提及」

400 ☑ **mend** [mɛnd]

　　他「**修繕〔修理〕／改正**」

例 I must get my shoes **mended**.

　　「我必須把我的鞋子拿去修。」

類 **repáir / fíx**「修理」

401 ☑ **pour** [por]

　　他「**注入**」

　　自（it 為主詞時）「**雨傾盆而下**」

例 I **poured** milk into a glass and drank it.

　　「我將牛奶倒入杯子並喝掉它。」

解答

❶ 證明正當性

❷ （B）（A）display「展示」（➡❶310）／
（C）borrow「借」／（D）apologize「道歉」
（➡❶275）

譯「瓊斯老師在課堂上提及這本書。」

● 將句中劃底線的單字譯成中文填入空格。

☑❶ She <u>witnessed</u> two young men coming out of the store.

「她（　　　）兩名年輕男子走出店內。」

● 從（A）～（D）中選出底線單字的同義詞。

☑❷ The dispute was finally <u>settled</u> last week.

（A）resolved　　　（B）begun

（C）discussed　　　（D）insisted

---

402 ☑ **settle** [`sɛtḷ]

　　⑩ ❶「解決」❷（**be settled**）「定居」

　　⑪ ❶「定居」❷「安頓」

類 **sólve / resólve**「解決」

名 **séttlement**「定居／解決」

403 ☑ **seal** [sil]

　　⑩ ❶「封住／密閉」❷「密封」

　　名「印鑑／密封」

例 She **sealed** the box with tape.

「她用膠帶封住箱子。」

404 ☑ **vary** [`vɛrɪ] ⑪「使不同／改變」⑩「改變」

例 Prices **vary** according to the season.

「價錢因季節而異。」

類 **díffer**「有異」、**chánge**「使變化／改變」

形 **várious**「各式各樣的」

405 ☑ **witness** [ˋwɪtnɪs]

他「目擊」名「目擊者」

406 ☑ **fold** [fold]

他「摺／折疊」自「交疊」

例 She **folded** her clothes and put them in the suitcase.

「她摺好她的衣服並放入行李箱。」

407 ☑ **dine** [daɪn]

自「用餐」

例 Let's **dine** at that expensive restaurant.

「我們到那家高級餐廳用餐吧！」

類 **have dínner**「用餐」

名 **dínner**「正餐／晚餐」

第 4 章

解答

❶ 目擊

❷ （A）（A）resolve「解決」（➡382）／（B）begin 「開始」／（C）discuss「討論」／（D）insist「堅持」（➡❶359）

譯「這個爭議終於在上週解決。」

- 將句中劃底線的單字譯成中文填入空格。
☑❶ She is <u>sweeping</u> in the kitchen.
　　「她（　　　）廚房。」
- 從（A）～（D）中選出底線單字的同義詞。
☑❷ Smoking is not <u>permitted</u> in the building.
　　（A）banned　　　　　（B）prohibited
　　（C）allowed　　　　　（D）accepted

---

408 ☑ **transfer** [træns`fɚ]
　　他「調動／轉移／轉接（電話）」
　　自「調動／轉移」名「調職／轉移」
例 She was **transferred** to (the) head office.
　　「她被調至總公司。」
類 **móve**「使移動／遷移／移動」

409 ☑ **permit** 他 自 [pɚ`mɪt] 名 [`pɝmɪt]
　　他 自「允許／許可」名「許可證」
類 **allów**「允許」
名 **permíssion**「許可」

410 ☑ **bend** [bɛnd]
　　他「彎曲」自「彎曲／彎腰」
例 She **bent** down and picked up the coin.
　　「她彎下身子撿起硬幣。」

片 **bend down [over]**「彎下身子」

類 **cúrve**「彎曲」

411 ☑ **crack** [kræk]

自「**斷裂／裂開**」他「**使破裂**」名「**裂痕**」

例 The case got **cracked** during delivery.

「這個箱子在運送期間裂開了。」

412 ☑ **load** [lod]

他 自（**load** *A* **into[onto]** *B* / **load** *B* **with** *A*）

「**負載A到B中／將A裝入B**」

名「**貨（物）／負擔／裝載量**」

例 We **loaded** the bags onto the bus.

「我們將袋子裝上巴士。」

類 **búrden**「負擔」

反 **unlóad**「卸下」

413 ☑ **sweep** [swip]

他 自「**掃／打掃**」

解答

❶ 正在打掃

❷ （C）（A）ban「禁止」（➡❶262）／（B）prohibit 「禁止」／（C）allow「允許」（➡❶258）／ （D）accept「接受」（➡❶272）

譯「建築物內禁止吸菸。」

● 將句中劃底線的單字譯成中文填入空格。

☑❶ She <u>serves</u> as a receptionist.

「她（　　）為一名接待員。」

● 從（A）～（D）中選出底線單字的同義詞。

☑❷ She <u>possesses</u> a great sense of humor.

　（A）has　　　　　　（B）shows

　（C）lacks　　　　　（D）respects

---

414 ☑ **possess** [pə`zɛs]

他「持有／擁有」

類 **ówn / háve**「持有／擁有」

名 **posséssion**「擁有」

415 ☑ **serve** [sɝv]

他 ❶「供應（飯菜）」❷「為（人）服務」

自「任職」

例 Special desserts were **served** at the party.

「派對上供應特別的甜點。」

類 **wórk**「從事」

名 **sérving**「（飲料、食物的）一人份」

416 ☑ **neglect** [nɪg`lɛkt]

他「忽視／疏忽」 名「忽視／疏忽」

例 The President is being criticized for **neglecting** domestic issues.

「總統被批評忽視國內問題。」

417 ☑ **predict** [prɪˋdɪkt]

他「**預測／預報**」

例 You cannot **predict** when an earthquake will occur.

「你無法預測地震何時會發生。」

類 **fórecàst**「預測／預報」

名 **predíction**「預測／預報」

418 ☑ **promote** [prəˋmot]

他 ❶「**促進／促銷**」 ❷「**晉升**」

例 He was **promoted** to vice president.

「他被晉升為副總裁」

類 **encóurage / rècomménd**「鼓勵」

名 **promótion**「晉升／促銷」

形 **promótional**「晉升的／促銷的」

解答

❶ 任職

❷（A）（A）have「有」／（B）show「展示」／（C）lack「欠缺」（➡❶218）／（D）respect「尊敬」（➡❶224）

譯「她擁有很棒的幽默感。」

- 將句中劃底線的單字譯成中文填入空格。
- ☑❶ We decorated the room for the party.
  「我們為了派對（　　　）房間。」
- 從（A）～（D）中選出底線單字的同義詞。
- ☑❷ The accident spoiled the rest of the holiday.
  （A）happened　　（B）occurred
  （C）treated　　（D）ruined

---

419 ☑ **spoil** [spɔɪl]

　他「搞砸／溺愛（孩子等）」

　自「（食物等）**腐壞**」

類 **rúin**「搞砸」、**go bad**「腐壞」

420 ☑ **decorate** [ˈdɛkəˌret]

　他「**裝飾**」

類 **órnament**「裝飾」

名 **dècorátion**「裝飾／裝飾品」

形 **décorative**「裝飾的／裝飾性的」

421 ☑ **crash** [kræʃ]

　自 ❶「衝撞」<into> ❷「（大聲地）**爆裂**」

　他「**撞壞**」

　名「（東西壞掉時的）**驚人爆裂聲**」

例 The truck **crashed** into a tree.

「卡車衝撞一棵樹。」

類 **collíde with** ~ / **smash into** ~ / **bump into** ~ /
run into ~「衝撞」

422 ☑ **treat** [trit]

他 ❶「處理／治療」❷「款待」<to>

名「請客」

例 They **treated** me with respect.

「他們對我很尊重。」

例 I'll **treat** you to lunch.

「我請你吃午餐。」

類 **deal with** ~「處理」／**cúre**「治療」

423 ☑ **input** [ˋɪnˏpʊt]

他「輸入」名「輸入／投入」

例 I'll **input** the data into the computer.

「我會將資料輸入電腦。」

反 **óutpùt**「輸出／產出／產量」

第4章

解答

❶ 裝飾

❷ （D）（A）happen「發生」／（B）occur「發生」／
（C）treat「處理」（➡422）／（D）ruin「搞砸」

譯「這場事故搞砸了剩下的假日。」

● 將句中劃底線的單字譯成中文填入空格。

☑❶ I'm <u>starving</u>. Let's go out for dinner.

「（　　　），我們去外面吃晚餐吧！」

● 從（A）～（D）中選出底線單字的同義詞。

☑❷ We enjoyed <u>chatting</u> over lunch.

（A）eating　　　　（B）cooking

（C）talking　　　　（D）listening

---

424 ☑ **starve** [stɑrv] 〔自〕「餓死／挨餓」〔他〕「使餓死」

425 ☑ **chat** [tʃæt]

〔自〕「聊天／閒聊」〔名〕「聊天」

〔類〕**tálk**「聊天」、**(small) tálk**「聊天」

426 ☑ **fetch** [fɛtʃ]

〔他〕「（去）拿來／接～去」

〔例〕I'll **fetch** a towel.

「我去拿毛巾來。」

〔✐〕此單字為 go「去」＋bring「拿來」合起來的意思。

427 ☑ **sigh** [saɪ] 〔自〕「嘆息」〔他〕「嘆息著說話」

〔例〕She **sighed** with relief.

「她鬆了一口氣。」

428 ☑ **stare** [stɛr]

　　自「盯著／凝視」<at>

例 She **stared** vacantly out the window.

　　「她茫然地盯著窗外。」

🕐 與 **stáir**「階梯」發音相同。

類 **gáze**「盯著」

429 ☑ **nod** [nɑd]

　　自「點／點頭」

　　他「上下搖（頭）／點頭表示」

　　名「點／點頭」

例 She **nodded** at me without saying a word.

　　「她不發一語向我點了點頭。」

類 **bow** [baʊ]「鞠躬」

430 ☑ **lean** [lin]

　　自「倚靠」

例 The man is **leaning** against the wall.

　　「男人靠在牆上。」

第4章

解答

❶ 我餓壞了

❷ （C）（A）eat「吃」／（B）cook「烹調」／

　　（C）talk「聊天」／（D）listen「聽」

譯「我們喜歡一邊吃午餐一邊聊天。」

- 將句中劃底線的單字譯成中文填入空格。
☑❶ The singer <u>was surrounded</u> by his fans.
　　「這名歌手被他的歌迷們（　　　）。」
- 從（Ａ）～（Ｄ）中選出底線單字的同義詞。
☑❷ I <u>erased</u> the message after reading it.
　　（Ａ）recorded　　　（Ｂ）remembered
　　（Ｃ）deleted　　　　（Ｄ）send

---

431 ☑ **surround** [sə`raʊnd]
　　他「**包圍／圍繞**」
類 **enclóse**「包圍」
名 **surróunding(s)**「環境／周圍的事物」

432 ☑ **erase** [ɪ`res]
　　他「**擦掉**」
類 **deléte**「刪除」
名 **eráser**「橡皮擦」

433 ☑ **delete** [dɪ`lit]
　　他「**刪除／擦掉**」
例 I'm really sorry. I **deleted** your email by mistake.
　　「真的很抱歉，我不小心刪除了你的電子郵件。」
類 **eráse**「擦掉」、**remóve**「消除」

434 ☑ **wipe** [waɪp]

他「擦掉／抹掉」 名「擦拭」

例 He **wiped** his hands with a towel.

「他用毛巾擦手。」

435 ☑ **mop** [mɑp]

他 自「拖地」 名「拖把」

例 The woman is **mopping** in the kitchen floor.

「女人正在拖廚房的地板。」

436 ☑ **scratch** [skrætʃ]

他 自「抓／搔」 名「抓痕」

例 The cat **scratched** my arm.

「貓抓了我的手臂。」

437 ☑ **chop** [tʃɑp]

他「剁碎／切碎」 自「切碎」

例 The woman is **chopping** an onion.

「女人正把洋蔥切碎。」

第 4 章

解答

❶ 包圍

❷ （C）（A）record「紀錄」／（B）remember
「記得」／（D）send「寄送」

譯「我在看過留言後把它刪除。」

- 將句中劃底線的單字譯成中文填入空格。

☐❶ She has <u>overcome</u> a lot of obstacles in her life.

「她（　　　）許多人生中的障礙。」

- 從（A）～（D）中選出底線單字的同義詞。

☐❷ They totally <u>deceived</u> me.

（A）trusted　　　（B）believed

（C）respected　　（D）cheated

---

438 ☐ **deceive** [dɪˋsiv] 他「欺騙／矇騙」

類 **chéat**「欺騙」

名 **decéit**「欺騙／詐欺」

439 ☐ **owe** [o]

他 ❶（ **owe** _A B_ / **owe** _B_ **to** _A_ ）

「欠A（人）B（債）／有義務支付B給A」

❷（ **owe** _B_ **to** _A_ ）「應該把B歸功於A」

例 I **owe** him 100 dollars.

「我欠他100美元。」

440 ☐ **click** [klɪk]

自「按／發出喀嚓聲」

他「按／使發出喀嚓聲」

名「按／喀嚓聲」

例 For more detailed information, **click** here.

「想了解更多訊息的人，請按這裡」

441 ☑ **resist** [rɪˋzɪst]

他 自「**抵抗**」

例 I couldn't **resist** the temptation to buy it.

「我無法抗拒購買的誘惑。」

類 **oppóse**「反對」

名 **resístance**「抵抗」

形 **resístant**「抵抗的」

442 ☑ **overcome** [͵ovɚˋkʌm]

他「**勝過／戰勝／克服**」

⏱ 時態變化 **overcome-overcame-overcome**

類 **get over ～**「戰勝／克服」

443 ☑ **shrink** [ʃrɪŋk]

自「**收縮**」他「**使收縮**」

例 The shirt **shrank** in the wash.

「這件襯衫洗過後縮水了。」

解答

❶ 戰勝了

❷ （D）（A）trust「信賴」／（B）believe「相信」／
（C）respect「尊敬」（➡❶224）／（D）cheat
「欺騙」

譯「他們完全欺騙了我。」

第
4
章

- 將句中劃底線的單字譯成中文填入空格。

☑❶ We need more accurate information about the product.

「我們需要這項產品（　　　）的資訊。」

- 從（A）～（D）中選出底線單字的同義詞。

☑❷ You must take appropriate action as soon as possible.

（A）urgent 　　　（B）proper

（C）quick 　　　（D）legal

---

444 ☑ **appropriate** [ə`proprɪˌet]

形「適當的／適合的」

類 **próper**「適當的」
　　súitable「適合的」

445 ☑ **proper** [`prɑpɚ]

形「適當的／適合的」

例 A **proper** diet is essential to good health.

「適當的飲食對身體健康是不可或缺的。」

類 **apprópriate**「適當的」

副 **próperly**「適當地」

446 ☐ **accurate** [`ækjərɪt] ㊉「**正確的**」
囷 **corréct / precíse / exáct**「正確的」
㊁ **ináccurate**「不正確的」
㊂ **áccuracy**「正確」
㊃ **áccurately**「正確地」

447 ☐ **precise** [prɪ`saɪs]
㊉「**確切的／準確的／精確的**」
㊊ His instructions are **precise** and clear.
「他的指示準確且清楚。」
囷 **exáct / áccurate / corréct**「正確的」
㊂ **precísion**「正確／的確」
㊃ **precísely**「正確地」

448 ☐ **managerial** [͵mænə`dʒɪrɪəl]
㊉「**經營的／管理方面的**」
㊊ Do you have **managerial** experience?
「你有管理方面的經驗嗎？」
㊂ **mánager**「經營者／管理者」
㊄ **mánage**「經營／管理」

解答

❶ 更正確的
❷（B）（A）urgent「緊急的」（➡469）／（C）quick
「快速的」／（D）legal「合法的」（➡❶446）
㊑「你必須盡快做出適當行動。」

- 將句中劃底線的單字譯成中文填入空格。
☐❶ We received <u>numerous</u> compliments from our guests.
「我們收到（ ）客戶們的讚美。」
- 從（A）～（D）中選出底線單字的同義詞。
☐❷ The computer has become an <u>indispensable</u> tool for teachers.
（A）essential （B）useful
（C）convenient （D）modern

---

449 ☐ **desirable** [dɪˋzaɪrəb!]
形「合意的」

例 One year of professional accounting experience is **desirable**.
「擁有一年的專業會計經驗是最合意的。」
類 **préferable**「更好的」
動 **desíre**「渴望」

450 ☐ **indispensable** [ˌɪndɪsˋpɛnsəb!]
形「不可或缺的／必須的」
類 **crúcial / esséntial / vítal**「不可或缺的」
副 **ìndispénsably**「一定」

451 ☑ **slight** [slaɪt]

形「輕微的」

例 I have a **slight** headache.

「我有輕微頭痛。」

副 **slíghtly**「輕微地／微小地」

452 ☑ **numerous** [`njumərəs]

形「很多的」

類 **mány / a lot of ~**「很多的」

453 ☑ **sufficient** [sə`fɪʃənt]

形「充分的」

例 He has **sufficient** funds to start his own business.

「他有充足的資金開創自己的事業。」

類 **enóugh / ádequate**「足夠的」

名 **suffíciency**「充分（的狀態）／足量」

反 **ìnsuffícient**「不足的」

副 **suffíciently**「足夠地」

第 5 章

解答

❶ 許多

❷（A）（A）essential「不可或缺的」（➡❶394）／
（B）useful「有用的」／（C）convenient「方便的」（➡❶403）／（D）modern「現代的」

譯「對教師們而言，電腦已成為不可或缺的工具。」

● 將句中劃底線的單字譯成中文填入空格。

☑❶ The deadline can be extended only in exceptional circumstances.

「截止期限只有在（　　　）情況下可以延後。」

● 從（Ａ）～（Ｄ）中選出底線單字的同義詞。

☑❷ It cost an enormous amount of money to complete the project.

（Ａ）reasonable 　　　（Ｂ）small

（Ｃ）little 　　　（Ｄ）massive

---

454 ☑ **significant** [sɪgˋnɪfəkənt]

形 ❶「重要的」 ❷「重大的」

例 They are facing a **significant** change in lifestyle.

「他們正面臨生活型態重大的改變。」

類 **impórtant**「重要的」

名 **signíficance**「重要性／意義」

副 **signíficantly**「意義深長地」

455 ☑ **enormous** [ɪˋnɔrməs] 形「龐大的」

類 **mássive / húge / vást**「龐大的」

副 **enórmously**「非常地」

456 ☑ **massive** [`mæsɪv]

形「（規模）大的／巨大的／龐大的」

例 They have spent a **massive** amount of time and money on the development of the new technology.

「他們花了龐大的時間及金錢開發新技術。」

類 **enórmous / húge / vást**「龐大的」

副 **mássively**「大幅地／大量地」

457 ☑ **exceptional** [ɪk`sɛpʃənl]

形 ❶「例外的／異常的」 ❷「卓越的」

類 **unúsual**「異常的」

　　 òutstánding「卓越的」

名 **excéption**「例外」

副 **excéptionally**「例外地」

字首 **excépt**「除了」

第5章

解答

❶ 例外

❷ （D）（A）reasonable「合理的（價錢）」（➡475）／（B）small「少的」／（C）a little「少量的」

譯「為了完成這項計畫，花費了龐大的資金。」

82 ▶ 形容詞・副詞（4）

● 將句中劃底線的單字譯成中文填入空格。

☐❶ They have developed <u>alternative</u> energy sources.

「他們開發了（　　　）能源。」

● 從（A）～（D）中選出最適當的選項填入空格裡。

☐❷ Some residents have complained about （　　） noise from the bars.

（A）expensive　　　（B）exceptional

（C）excessive　　　（D）executive

---

458 ☑ **maximum** [ˈmæksəməm]

　　圈「最大限度的／最高的」

　　图「最大限度／最大量〔數目〕」

例 The temperature will reach a **maximum** of 30°C over the weekend.

「週末最高氣溫將達30°C。」

類 **máximal**「最大限度的」

反 **mínimum**「最小限度的／最小限度」

動 **máximìze**「使最大」

459 ☑ **minimum** [ˈmɪnəməm]

　　圈「最小限度的」

　　图「最低限度／最小量〔數目〕」

例 The research was carried out at **minimum** cost.

「這項研究以最低成本進行。」

類 **mínimal**「最小限度的」

反 **máximum**「最大限度的／最大限度」

動 **mínimìze**「使最小」

460 ☑ **excessive** [ɪk`sɛsɪv] 形「**過度的／過分的**」

名 **excéss**「過多／過剩／多餘」

動 **excéed**「超過」

461 ☑ **extreme** [ɪk`strim] 形「**極度的／極端的**」

例 In Africa, many people suffer from **extreme** poverty.

「在非洲，很多人都受極度貧窮之苦。」

副 **extrémely**「極度地／極端地」

462 ☑ **alternative** [ɔl`tɝ-nətɪv]

形 ❶「替代的」❷「兩者擇一」

名「替代的事物／選項」

第5章

解答

❶ 替代

❷ （C）（A）expensive「貴的」／（B）exceptional 「例外的」（➡457）／（D）executive「執行長的」 （➡034）

譯「一些居民抱怨酒吧發出過大的噪音。」

- 將句中劃底線的單字譯成中文填入空格。

☑❶ Demand for <u>energy-efficient</u> buildings is growing.

「（　　　）建築的需求正在成長中。」

- 從（A）～（D）中選出底線單字的同義詞。

☑❷ It is <u>evident</u> from his response that he is nervous.

（A）clear　　　（B）necessary

（C）unique　　　（D）likely

---

463 ☑ **efficient** [ɪˋfɪʃənt]

形 ❶「效率高的」❷「有能力的」

類 **cómpetent / áble**「有能力的」

名 **efficiency**「效率／效能」

副 **efficiently**「效率高地／有效地」

464 ☑ **nominal** [ˋnɑmən!]

形「名義上的／一點點的」

例 The entrance fee is **nominal**.

「入場費只收一點點而已。」

類 **tíny / smáll**「一點點」

動 **nóminàte**「指定」

副 **nóminally**「在名義上」

465 ☐ **apparent** [əˋpærənt]

形「明顯的／表面的」

例 There is no **apparent** connection between these two groups.

「這兩組之間沒有很明顯的關聯。」

類 **évident / cléar / óbvious**「明顯的」

副 **appárently**「表面上似乎」

466 ☐ **evident** [ˋɛvədənt]

形「明顯的」

類 **cléar / óbvious / appárent**「明顯的」

名 **évidence**「證據／證明」

副 **évidently**「明顯地／顯然」

467 ☐ **aggressive** [əˋgrɛsɪv]

形 ❶「好鬥的」❷「積極的」

例 He becomes **aggressive** when he drinks.

「他喝了酒，就會變成好鬥的人。」

第5章

解答

❶ 高節能效率

❷（A）（A）clear「明顯的」／（B）necessary「必要的」（➡❶395）／（C）unique「獨特的」（➡❶413）／（D）likely「很可能的」（➡❶401）

譯「從他的反應明顯看出他很緊張。」

- 將句中劃底線的單字譯成中文填入空格。
☐❶ There are no <u>additional</u> charges for this service.

「這項服務沒有（　　　）收費。」

- 從（A）～（D）中選出底線單字的同義詞。
☐❷ He <u>is apt</u> to make mistakes on his calculations.

（A）fails　　　　　（B）refuses
（C）ceases　　　　（D）tends

---

468 ☐ **apt** [æpt]

形「易於～的」

片 **be apt to** V「易於～的／有～傾向」

類 **be inclíned to** V / **tend to** V「有～傾向」

469 ☐ **urgent** [`ɝdʒənt]

形「急迫的／緊急的」

例 We must solve the **urgent** problem.

「我們必須解決這個急迫的問題。」

副 **úrgently**「緊急地」

470 ☐ **tight** [taɪt]

形 ❶「緊的（衣服類）」

❷「緊湊的（預定時間）」

例 This jacket is too **tight** for me.

「這件夾克對我來說太緊了。」

副 **tíghtly**「緊緊地／牢固地」

471 ☑ **additional** [əˋdɪʃənl̩]

形「附加的」

類 **éxtra**「額外的／外加的」

名 **addítion**「附加」（常見如下 相關 所述的用法）

副 **addítionally**「同時／此外」

相關 **in addítion**「同時／此外」

　　　 in addítion to ~「除此之外」

472 ☑ **chemical** [ˋkɛmɪkl̩]

形「化學的／化學上的」

名「化學製品」

例 We don't use **chemical** fertilizers.

「我們不使用化學肥料。」

名 **chémistry**「化學」

第 5 章

解答

❶ 額外

❷（D）（A）fail to V「不能」（➡❶313）／
（B）refuse to V「拒絕」（➡287）／（C）cease to
V「停止」／（D）tend to V「有～傾向」

譯「他很容易計算錯誤。」

- 將句中劃底線的單字譯成中文填入空格。
☐❶ We offer high quality products at <u>competitive</u> prices.

　「我們用（　　　）的價格提供高品質的產品。」

- 從（A）～（D）中選出底線單字的同義詞。
☐❷ It would be <u>costly</u> to carry out the experiment.

　（A）reasonable　　　（B）expensive

　（C）cheap　　　　　（D）extra

---

473 ☐ **costly** [`kɔstlɪ]

　形「**昂貴的／高價的**」

⏱ costly雖然語尾是ly，但為形容詞。

類 **expénsive**「高價的」

名 **cóst**「費用」

動 **cóst**「花費（費用）」

474 ☐ **competitive** [kəm`pɛtətɪv]

　形「**具競爭力的／競爭的**」

名 **còmpetítion**「競爭」

　compétitor「競爭對手／競爭企業」

動 **compéte**「競爭」

475 ☐ **reasonable** [`riznəbl]

形 ❶「（價格上）合理的」

❷「有道理的」

例 This restaurant serves excellent food at **reasonable** prices.

「這家餐廳以合理的價格提供美味的食物。」

名 **réason**「理由／道理」

副 **réasonably**「有道理地／適度地」

476 ☐ **remarkable** [rɪ`mɑrkəbl]

形「值得注意的／卓越的」

例 He has a **remarkable** ability to make money.

「他有十分卓越的賺錢能力。」

類 **nótable**「值得注意的」

márked「顯著的」

名 **remárk**「評論／注意」

動 **remárk**「談到／注意到」

副 **remárkably**「引人注目地／顯著地」

第5章

解答

❶ 具競爭力的

❷（B）（A）reasonable「（價格上）合理的」（➡ 475）／（B）expensive「高價的」／（C）cheap 「便宜的」／（D）extra「額外的」（➡❶447）

譯「要進行這項實驗會花上巨額。」

● 將句中劃底線的單字譯成中文填入空格。

☑❶ A lot of people are <u>critical</u> of the plan.

「很多人對這個計畫抱持（　　　）態度。」

● 從（A）～（D）中選出最適當的選項填入空格裡。

☑❷ The company has spent a (　　　) amount of money on research and development.

（A）considerable　　（B）considerate

（C）considering　　（D）considered

---

477 ☑ **luxurious** [lʌg`ʒʊrɪəs]

形「**豪華的／奢侈的**」

例 They recommended a **luxurious** hotel to us.

「他們向我們推薦一家豪華的飯店。」

名 **lúxury**「豪華／奢侈（品）」

478 ☑ **considerable** [kən`sɪdərəbl̩]

形「**相當大的／相當多的**」

副 **consíderably**「相當大地」

479 ☑ **considerate** [kən`sɪdərɪt]

形「**體諒的／體貼的**」<of / to / toward>

例 We should be **considerate** of others.

「我們應該體諒他人。」

類 **kínd**「體貼的／親切的」

480 ☐ **critical** [ˋkrɪtɪk!]

形 ❶「批評的」

❷「重大的／危急的」

類 **sérious**「重大的」

名 **crític**「批評家」

動 **críticìze**「批評／批判」

481 ☐ **confident** [ˋkɑnfədənt]

形「確信的／有自信的」

例 I was **confident** that I would be chosen as a member of the team.

「我有自信將被選為這個團隊的一員。」

類 **súre**「確信的」

名 **cónfidence**「信賴／自信」

動 **confíde**「信賴」

第5章

解答

❶ 批評的

❷（A）（B）considerate「體諒的」（➡479）／
（C）、（D）分別是動詞consider「考慮」的現在進
行式及過去式〔過去分詞〕

譯「這家公司花了相當龐大的費用在研究及發展上。」

- 將句中劃底線的單字譯成中文填入空格。

☑❶ He gave a <u>brief</u> report about the meeting he attended in Tokyo.

「他發表了有關在東京出席會議的（　　）報告。」

- 從（A）～（D）中選出底線單字的同義詞。

☑❷ Last night's show was really <u>dull</u>.

（A）interesting （B）boring

（C）pleasant （D）sad

---

482 ☑ **delightful** [dɪˋlaɪtfəl]

形「令人愉快的／令人高興的」

例 The party was **delightful**.

「這場派對是愉快的。」

類 **pléasant**「愉快的」

名 **delíght**「欣喜／愉快」

動 **delíght**「使欣喜／使愉快」

副 **delíghtfully**「欣喜地」

483 ☑ **brief** [brif] 形「簡潔的／短暫的」

類 **concíse**「簡潔的」、**shórt**「短暫的」

副 **bríefly**「簡潔地／簡短地（說）」

484 ☑ **generous** [ˋdʒɛnərəs]

形 ❶「大方的／寬宏大量的」 ❷「豐富的」

例 He made a **generous** donation to the museum.

「他對博物館捐出一筆（很大方的）巨額捐款。」

類 **líberal / lávish**「大方的」

副 **génerously**「大方地」

485 ☑ **brand-new** [`brænd`nu] 形「**全新的**」

例 I bought a **brand-new** car last year.

「我去年買了新車。」

486 ☑ **due** [dju]

形「**到期的／應支付的／預定應到的（車船）**」

例 The payment is **due** by June 30th.

「這筆付款6月30日到期。」

片 **due to ~**「由於／因為」

487 ☑ **dull** [dʌl]

形 ❶「**乏味的**」 ❷「**（刀刃等）鈍的／遲鈍的**」

類 **bóring / unínteresting**「乏味的」

反 **shárp**「尖銳的」

第5章

解答

❶ 簡短

❷（B）（A）interesting「有趣的／引起興趣的」／
（B）boring「乏味的」／（C）pleasant「使（人）
愉快」（➡❶421）／（D）sad「悲傷的」

譯「昨晚的演出十分乏味。」

- 將句中劃底線的單字譯成中文填入空格。

☐❶ She has extensive knowledge of the subject.

「她對這個主題有（　　　）知識。」

- 從（A）～（D）中選出底線單字的同義詞。

☐❷ Ms. Brown is a dynamic woman with a lot of interests.

（A）sensible 　　　（B）energetic

（C）smart 　　　（D）wise

488 ☐ **challenging** [tʃælɪndʒɪŋ]

形「有挑戰性的／費力的」

例 I think you need to get a more **challenging** job.

「我認為你需要從事更具挑戰性的工作。」

類 **demánding**「苛求的」

名 **chállenge**「挑戰／難題」

動 **chállenge**「挑戰」

489 ☐ **dynamic** [daɪ`næmɪk]

形「有活力的／強而有力的」

類 **ènergétic**「精力旺盛的」

490 ☐ **enthusiastic** [ɪnˌθjuzɪˋæstɪk]

形「熱心的／熱情的」

例 The mayor is **enthusiastic** about the project.

「市長對該計畫很熱心。」

類 **éager**「熱心的」

副 **enthùsiástically**「熱心地」

491 ☐ **mature** [məˋtjʊr]

形「（身心）成熟的／成人的」

例 Olivia is very **mature** for her age.

「奧莉維亞是同年齡中相當成熟的女孩。」

名 **matúrity**「成熟」

492 ☐ **extensive** [ɪkˋstɛnsɪv]

形「廣闊的（場所）／廣泛的（知識）」

類 **lárge**「廣大的」

còmprehénsive「廣泛的」

名 **exténsion**「擴大／電話分機」

動 **exténd**「延長」

副 **exténsively**「廣泛地／廣大地」

第5章

解答

❶ 廣泛的

❷（B）（A）sensible「明智的／有判斷力的」

（➡517）／（B）energetic「精力旺盛的」／

（C）smart「聰明的」／（D）wise「明智的」

譯「布朗女士是一位擁有很多興趣、充滿活力的人。」

- 將句中劃底線的單字譯成中文填入空格。

☑❶ My work schedule is flexible.

「我的工作計畫表是（　　　）」

- 從（A）～（D）中選出最適當的選項填入空格裡。

☑❷ Some people think that the government should reform the (　　) tax system.

（A）exist　　　　（B）existed

（C）existing　　（D）excited

---

493 ☑ **exclusive** [ɪk`sklusɪv]

　　形「獨佔的／排外的」

例 The TV station got the **exclusive** right to broadcast the game.

「該電視台取得比賽的獨家轉播權。」

名 **exclúsion**「除外／排除」

動 **exclúde**「把～排除／把～除名」

副 **exclúsively**「排外地／獨佔地」

反 **ópen**「開放的」

494 ☑ **existing** [ɪg`zɪstɪŋ]

　　形「現行的／現存的」

動 **exíst**「存在／現存」

495 ☑ **fellow** [`fɛlo]

形「同伴的／同事的」

名「男人／夥伴／傢伙」

例 He had trouble getting along with his **fellow** workers.

「他和工作夥伴的相處上有問題。」

496 ☑ **flexible** [`flɛksəbl̩]

形「柔韌的／可變通的」

類 **adáptable**「可變通的」

497 ☑ **specific** [spɪ`sɪfɪk]

形 ❶「特定的」 ❷「明確的／具體的」

例 You need **specific** knowledge to handle such data.

「你需要特定知識來處理這樣的數據。」

類 **partícular**「特定的」

　　áccurate「明確的」

動 **spécify**「具體說明」

第5章

解答

❶ 可變通的

❷（C）（A）exist 動「存在」／（B）exist的過去式〔過去分詞〕／（D）excited「興奮的」

譯「有些人認為政府應改善現行稅制。」

● 將句中劃底線的單字譯成中文填入空格。

☐❶ Most employees are <u>loyal</u> to their companies.

「大部分的員工對自己的公司都是（　　　）。」

● 從（A）～（D）中選出底線單字的同義詞。

☐❷ She is busy with <u>household</u> chores.

（A）domestic 　　（B）business

（C）complicated 　　（D）easy

---

498 ☐ **household** [`haʊsˌhold]

形「家庭的」名「戶」

類 **doméstic / fámily**「家庭的」

499 ☐ **impressive** [ɪm`prɛsɪv]

形「有印象的／使印象深刻／感動的」

例 He was very **impressive** in the interview.

「他在面試時讓人印象深刻。」

名 **impréssion**「印象」

動 **impréss**「使感動」

500 ☐ **initial** [ɪ`nɪʃəl]

形「最初的／開始的」

例 The **initial** campaign was successful.

「最初的活動很成功。」

類 **ópening**「最初的」

動 **inítiate**「開始」

副 **inítially**「最初／開頭」

---

501 ☑ **loose** [lus]

形「鬆的／沒有打結的（繩子）／寬鬆的」

例 He is wearing a **loose** T-shirt.

「他穿著寬鬆的襯衫。」

類 **untíed**「沒有打結的」

---

502 ☑ **loyal** [ˋlɔɪəl] 形「忠實的／忠誠的」

類 **fáithful**「忠實的」

名 **lóyalty**「忠實／忠誠」

---

503 ☑ **educated** [ˋɛdʒʊˌketɪd]

形「有教養的／受過教育的」

例 Ms. Rivera is a highly **educated** woman.

「李維拉女士是一位擁有高學歷的女性。」

名 **èducátion**「教育」

動 **éducàte**「教育」

第 5 章

解答

❶ 忠實的

❷（A）（A）domestic「家庭的」（➡❶406）／
（B）business「工作（的）」／（C）complicated
「複雜的」（➡❶450）／（D）easy「容易的」

譯「她忙於做家事。」

- 將句中劃底線的單字譯成中文填入空格。
- ☑❶ The company hired many <u>temporary</u> workers.

  「公司雇用很多（　　　）員工。」
- 從（A）～（D）中選出底線單字的同義詞。
- ☑❷ Most of the apartments are still <u>vacant</u>.

  （A）empty　　　　（B）clean

  （C）new　　　　　（D）occupied

---

504 ☑ **temporary** [ˋtɛmpəˌrɛrɪ]

　　形「臨時的／暫時的／一時的」

類 **téntative**「暫時的」

反 **pérmanent**「永久的」

副 **tèmporárily**「一時地／暫時地」

505 ☑ **permanent** [ˋpɜˋmənənt]

　　形「永久的／終身的（雇用）」

例 She was hired on a **permanent** basis.

　　「她被終身雇用。」

類 **lásting**「持續的」

反 **témporàry**「一時的」

副 **pérmanently**「永久地」

506 ☑ **qualified** [`kwɑləˌfaɪd]

形「有資格的／勝任的」

例 She is **qualified** for the position.

「她能勝任這個職位。」

類 **éligible**「有資格的」

名 **quàlificátion**「（取得）資格」

動 **quálify**「使具有資格」

507 ☑ **vacant** [`vekənt]

形「空的／空缺的」

類 **émpty / unóccupied**「空的」

名 **vácancy**「空房／空位／空缺」

508 ☑ **skillful** [`skɪlfəl]

形「熟練的／有技術的／精巧的」

例 Ms. Harris is known for her **skillful** management.

「哈里斯女士以其熟練的管理技術廣為人知。」

類 **skílled**「熟練的」

名 **skíll**「熟練／技能／技術」

第5章

解答

❶ 臨時〔派遣〕

❷（A）（A）empty「空的」（➡❶436）／（B）clean「乾淨的」／（C）new「新的」／（D）occupy「佔有」（➡❶369）

譯「大部分的公寓都還是空的。」

- 將句中劃底線的單字譯成中文填入空格。
☑❶ They traveled to <u>remote</u> areas of South America.
　「他們去南美的（　　）地區旅行。」
- 從（A）～（D）中選出底線單字的同義詞。
☑❷ He is in charge of the <u>ongoing</u> investigation.
　（A）past　　　　　（B）continuing
　（C）following　　　（D）future

---

509 ☑ **potential** [pəˋtɛnʃəl]

　形「可能的／潛在的」

　名「可能性／潛力」

例 They sent free samples to **potential** customers.

　「他們寄免費樣品給潛在客戶。」

類 **póssible**「可能的」

510 ☑ **ongoing** [ˋɑnˌgoɪŋ]

　形「進行中的／持續的」

類 **contínuing**「進行中的／持續的」

相關 **go on**「繼續」

511 ☑ **upcoming** [ˋʌpˌkʌmɪŋ]

　形「即將來臨的／正在接近的」

例 I'm very busy preparing for the **upcoming** campaign.

「我忙於準備即將來臨的活動。」

相關 **come up**「來臨／臨近」

512 ☑ **overnight** [`ovɚ`naɪt]
形「隔日送達的／一夜間的」
副「一夜間」

例 I paid the extra $15 for **overnight** delivery.

「為了隔日送達，我多付了15美元。」

513 ☑ **overtime** [`ovɚˌtaɪm]
形 副「超過時間的〔地〕」 名「超時加班」

例 Jack has been working **overtime** this week.

「傑克這週一直都在超時加班。」

514 ☑ **remote** [rɪ`mot]
形「遠的／相隔很遠的／偏遠的」
類 **dístant**「遠的」

第5章

解答

❶ 偏遠

❷（B）（A）past「過去（的）」／（B）continuing「進行中的」／（C）following「緊接的」／（D）future「未來（的）」

譯「他負責一件正在進行中的調查。」

- 將句中劃底線的單字譯成中文填入空格。
☑❶ I think he has made a <u>sensible</u> decision.
　　「我認為他做了一個（　　　）決定。」
- 從（A）～（D）中選出最適當的選項填入空格裡。
☑❷ You should wear a (　　) suit for the party.
　　（A）respect 　　　　（B）respective
　　（C）respectable 　　（D）respectful

515 ☑ **respectable** [rɪ`spɛktəbl̩]
　　形「體面的／認真的」
類 **décent**「體面的」
名 **respéct**「尊敬／敬意」
動 **respéct**「尊敬」

516 ☑ **respectful** [rɪ`spɛktfəl]
　　形「尊敬人的／恭敬的」
例 He was always **respectful** toward his father.
　　「他總是對他的父親很尊敬。」
類 **políte**「有禮貌的」
名 **respéct**「尊敬／敬意」
動 **respéct**「尊敬」

517 ☑ **sensible** [ˋsɛnsəbl̩]

形「明智的／有判斷力的」

類 **wíse**「聰明的」

名 **sénse**「感覺／判斷力／見識」

518 ☑ **sensitive** [ˋsɛnsətɪv]

形「敏感的／易受傷害的／易受影響的」

例 He is very **sensitive** to other people's feelings.

「他對別人的感覺非常敏感。」

名 **sénse**「感覺」

519 ☑ **humorous** [ˋhjumərəs]

形「幽默的／滑稽的」

例 He entertained the audience with his **humorous** stories.

「他用幽默的故事娛樂觀眾。」

類 **fúnny**「好笑的」

名 **húmor**「幽默」

第5章

解答

❶ 明智的

❷（C）（A）respect 動「尊敬」（➡❶224）／

（B）respective「分別的」（➡❸573）／

（D）respectful「尊敬人的」（➡516）

譯「你應該穿著體面的西裝參加派對。」

- 將句中劃底線的單字譯成中文填入空格。
☑❶ This new model is <u>superior</u> to existing models.
　「這個新模型（　　）現有的模型。」
- 從（A）～（D）中選出底線單字的同義詞。
☑❷ I am looking for a job with a <u>steady</u> income.
　（A）high　　　　　（B）good
　（C）cash　　　　　（D）stable

520 ☑ **stable** [`steb!]
　形「穩定的」
例 The patient is in a **stable** condition.
　「患者現在病況穩定。」
類 **fírm / stéady**「穩定的」
名 **stabílity**「穩定（性）」
動 **stábilìze**「使穩定」

521 ☑ **steady** [`stɛdɪ]
　形「踏實的／穩定的／不變的」
類 **fírm / stáble**「穩定的」

522 ☑ **productive** [prə`dʌktɪv]
　形「生產性的／有成效的（討論等）」

例 Most workers are more **productive** in the morning.

「大部分的勞動者在早上是較特色有效率的。」

名 **próduct**「產品」、**prodúction**「製造／生產」 **pròductívity**「生產性」

動 **prodúce**「製造」

523 ☑ **superior** [sə`pɪrɪə]

形「較好的」 名「上司」

片 **be supérior to ~**「優於」

類 **bóss**「上司」

反 **inférior**「較差的」

524 ☑ **physical** [`fɪzɪkl̩]

形 ❶「身體的」 ❷「物質的」

例 He is in good **physical** condition.

「他現在的身體狀況良好。」

類 **bódily**「身體的」、**matérial**「物質的」

反 **méntal / spirítual**「精神的」

名 **physícian**「內科醫生」、**phýsics**「物理學」

第
5
章

解答

❶ 優於

❷ （D）（A）high「高的」／（B）good「好的」／ （C）cash「現金（的）」

譯「我正在找一份有穩定收入的工作。」

形容詞・副詞（17）

● 將句中劃底線的單字譯成中文填入空格。

☐❶ The unexpected snow caused numerous car accidents.

「一場（　　　）雪造成了許多交通事故。」

● 從（A）～（D）中選出底線單字的同義詞。

☐❷ Thank you for your prompt reply.

　　（A）quick　　　　　（B）sudden
　　（C）pleasant　　　　（D）frequent

---

525 ☐ **elderly** [`ɛldəlɪ]

　　形「上了年紀的／初老的」

例 The number of **elderly** people is rapidly increasing in many countries.

「許多國家的高齡者數量正快速增加中。」

⏱ 本單字是**old**的委婉用法。

526 ☐ **immediate** [ɪ`midɪət]

　　形「即刻」

例 We should take **immediate** action to stop global warming.

「我們應該即刻採取行動以阻止地球暖化。」

副 **immédiately**「馬上／即刻」

527 ☑ **prompt** [prɑmpt]

　㊗「迅速的／敏捷的」

　㊑（**prompt O to V**）「促使～做」

㊣ **quíck / swíft / rápid**「快速的」
　　úrge「促使」

㊅ **prómptness**「迅速／敏捷」

㊐ **prómptly**「迅速／立即」

528 ☑ **sophisticated** [sə`fɪstɪˌketɪd]

　㊗ ❶「精密的／複雜的」

　　❷「世故的」

㊕ We have installed a **sophisticated** alarm system.

　「我們安裝了一個精密的警報系統。」

529 ☑ **unexpected** [ˌʌnɪk`spɛktɪd]

　㊗「出乎意料的／意外的」

㊣ **ùnforeséen**「出乎意料的」
　　súdden「意外的／突然的」

㊟ **expéct**「預料」

第5章

解答

❶ 出乎意料的

❷（A）（A）quick「快的」／（B）sudden「突然
　的／意外的」／（C）pleasant「使（人）快樂」
　（➡❶421）／（D）frequent「頻繁的」（➡❶400）

㊙「感謝您如此迅速的回覆。」

- 將句中劃底線的單字譯成中文填入空格。
☐❶ The hall you have requested is <u>available</u> this weekend.
  「您所要求的會場這週末（　　　）。」
- 從（A）～（D）中選出最適當的選項填入空格裡。
☐❷ The result is （　　　）.
  （A）satisfied
  （B）satisfy
  （C）satisfactory
  （D）satisfaction

530 ☐ **satisfactory** [ˌsætɪsˈfæktərɪ]
　　圏「令人滿意的（事情）」
反 **ùnsatisfáctory**「不滿意的」
名 **sàtisfáction**「滿意」
動 **sátisfỳ**「使滿足」
副 **sàtisfáctorily**「令人滿意地／無可挑剔地」
相關 **sátisfied**「（人）感到滿意」
　　例 I am **satisfied** with my current salary.
　　　「我對現在的薪水感到很滿意。」

531 ☐ **residential** [ˌrɛzəˈdɛnʃəl]
　　圏「住宅的／適合居住的」
例 The apartment is located in a quiet **residential** area.
　「這棟公寓位於安靜的住宅區。」

名 **résident**「定居者／居民」
résidence「住所／居住」
動 **resíde**「住／居住」

532 ☑ **available** [əˋveləbl]
形「**可利用的／（人）有空的**」
類 **obtáinable**「能得到的」
accéssible「可得到〔利用〕的」
名 **avàilabílity**「可利用的事物」

533 ☑ **spare** [spɛr]
形「**備用的**」
他「**省掉／騰出**」
例 I have a lot of **spare** time this summer.
「今年夏天我有很多空閒的時間。」
例 Could you **spare** me a few minutes?
「可以麻煩您騰出一點時間給我嗎？」
類 **sáve**「省掉」

第5章

解答
❶ 可以利用
❷ （C）（A）satisfied「滿足」／（B）satisfy 動
「使滿足」／（D）satisfaction 名「滿足」
譯「這個結果是令人滿意的。」

- 將句中劃底線的單字譯成中文填入空格。
☐❶ She always keeps her room <u>tidy</u>.
「她總是保持她的房間（　　　）。」
- 從（A）～（D）中選出最適當的選項填入空格裡。
☐❷ (　　　) to my expectations, the book was very interesting.
（A）Similar　　　　（B）Thanks
（C）Secondary　　　（D）Contrary

534 ☐ **contrary** [ˋkɑntrɛrɪ]
形「相反的」<to>
名「相反／反面」
類 **ópposite**「反面的」
片 **on the cóntràry**「反而／正好相反」

535 ☐ **reverse** [rɪˋvɝs]
形「相反的／背面的」
他「使相反」
名「相反／背面」
例 Follow the instructions on the **reverse** side of the form.
「請參照表格背面的操作説明。」

類 **ópposite**「相反的」

相關 **revérsible**

「可反轉的／正反兩面皆可穿的（衣服等）」

536 ☑ **previous** [`priviəs]

形「（時間、順序）**之前的／先前的**」

例 I'm sorry, but I have a **previous** appointment.

「很抱歉，但我已經先有約了。」

副 **préviously**「以前」

537 ☑ **secondary** [`sɛkənˌdɛrɪ]

形「**第二的／次要的**」<to>

例 The price is **secondary** to the function.

「價格次於功能。〔功能比價格重要〕」

類 **sécond**「第二的」

538 ☑ **tidy** [`taɪdɪ]

形「**整齊的／整潔的**」

類 **néat**「整潔的」

第 5 章

解答

❶ 整潔〔整齊〕

❷（D）（A）similar「相似」／（B）thanks to ~
「托～的福」（➡❶515）／（C）secondary「第二
的」（➡537）

譯「與我的預期相反，這本書非常有趣。」

形容詞・副詞（20）

- 將句中劃底線的單字譯成中文填入空格。

☐❶ A total of 573 companies <u>went bankrupt</u> in October.

「10月共有573家公司（　　）。」

- 從（A）～（D）中選出底線單字的同義詞。

☐❷ This is one of our <u>principal</u> products.

　（A）main　　　　　　（B）worst

　（C）recent　　　　　（D）old

---

539 ☐ **principal** [`prɪnsəpl]

　形「**主要的／首要的**」名「**校長**」

類 **máin / chíef / prímàry**「主要的」

540 ☐ **bankrupt** [`bæŋkrʌpt] 形「**破產**」

類 **insólvent**「破產」

名 **bánkruptcy**「破產」

片 **go bánkrùpt**「破產」

541 ☐ **independent** [ˌɪndɪ`pɛndənt] 形「**獨立的**」

例 India became **independent** in 1947.

「印度獨立於1947年。」

反 **depéndent**「依賴的」

名 **ìndepéndence**「獨立／自主」

副 **ìndepéndently**「獨立地／自主地」

542 ☑ **practical** [`præktɪkl]

　 形「**實際的／實用的**」

例 He has a lot of **practical** experience in this field.

　 「他在這個領域有很多實務經驗。」

類 **rèalístic**「實際的」

反 **thèorétical**「理論的」

名 **práctice**「實行／實際／習慣／練習」

副 **práctically**「實際上／事實上」

543 ☑ **fair** [fɛr]

　 形「**公平的／公正的**」

　 名「**博覽會／說明會／集市**」

例 Life isn't **fair**, is it?

　 「人生本來就是不公平的，是吧？」

例 The job **fair** was held on Friday.

　 「這場就業博覽會於週五舉行。」

類 **júst**「公平的／公正的」

副 **fáirly**「公平地／相當地／頗為」

第
5
章

解答

❶ 破產

❷ （A）（A）main「主要的」／（B）worst「最差的」／（C）recent「近期的」（➡❶399）／（D）old「舊的」

譯 「這是我們的主要商品之一。」

- 將句中劃底線的單字譯成中文填入空格。

☐❶ I recommend that you make a reservation beforehand.

「我建議你要（　　　）預約。」

- 從（A）～（D）中選出底線單字的同義詞。

☐❷ I am really <u>grateful</u> for your help.

（A）surprised　　　（B）excited

（C）thankful　　　（D）disappointed

544 ☐ **grateful** [ˋgretfəl]

形（**be grateful to A for B**）

「針對B（行為等）感謝A（人）」

類 **thánkful**「感謝的」

名 **grátefulness**「感謝（的心情）」

545 ☐ **round-trip** [ˋraʊndˌtrɪp]

形「往返的」

名（**round trip**）「往返旅行／周遊旅行」

例 What is the lowest price for a **round-trip** ticket between Hong Kong and Shanghai?

「香港到上海最便宜的往返機票多少錢呢？」

反 **óne-wáy**「單程的」

⏱ 英式英語中，「往返的」一般是用**retúrn**表示。

546 ☑ **beforehand** [bɪˋfor͵hænd]

副「預先／事先」

類 **in advánce**「預先／事先」

547 ☑ **otherwise** [ˋʌðɚ͵waɪz]

副「否則／或者」

例 She helped me; **otherwise** I couldn't have done it.

「她幫助了我，否則我無法完成它。」

類 **or**「否則」

548 ☑ **meanwhile** [ˋmin͵hwaɪl]

副「其間／一方面」

例 **Meanwhile** start boiling the water for the pasta.

「其間，著手將下義大利麵的水煮沸。」

類 **in the méantìme**「其間／一方面」

第5章

解答

❶ 事先

❷ （C）（A）surprised「驚訝的」／（B）excited「興奮的」／（C）thankful「感謝的」／（D）disappointed「失望的」

譯「我真的很感激你的幫助。」

- 將句中劃底線的單字譯成中文填入空格。

☐❶ I was very impressed with his <u>sincere</u> attitude.

「我對他（　　）態度印象深刻。」

- 從（A）～（D）中選出底線單字的同義詞。

☐❷ Mr. Watson is <u>trustworthy</u> and hard-working.

（A）reliable　　　　（B）kind

（C）generous　　　　（D）respectable

549 ☐ **troublesome** [`trʌbḷsəm]

形「**棘手的／麻煩的**」

例 I don't want to take on this **troublesome** job.

「我不想承接這項棘手的工作。」

類 **annóying**「惱人的」

550 ☐ **sincere** [sɪn`sɪr] 形「**真誠的**」

類 **hónest**「誠實的」

名 **sincérity**「真誠／誠心誠意」

副 **sincérely**「由衷地／真誠地」

551 ☐ **trustworthy** [`trʌst͵wɝðɪ]

形「**值得信賴的**」

詞源 trust「信賴」＋worthy「值得」

類 **relíable / depéndable**「值得信賴的／可信的」

552 ☐ **modest** [ˋmɑdɪst]

形「謙虛的／審慎的／適度的」

例 Drinking **modest** amounts of alcohol is associated with a lower risk of heart disease.

「適度的飲酒與降低心臟病的風險有關。」

類 **húmble**「謙虛的」

móderate「適度的」

553 ☐ **accidental** [ˏæksəˋdɛntl]

形「偶然的／出乎意料的」

例 It is clear that the error was not **accidental**.

「很明顯地這個失誤並非偶然。」

類 **cásual**「偶然的」

反 **delíberate**「故意的」

名 **áccident**「事故／偶然」

副 **àccidéntally**「偶然地」

第5章

解答

❶ 真誠的

❷ （A）（A）reliable「可以信賴的」／（B）kind 「親切的」／（C）generous「寬宏大量的」 （➡484）／（D）respectable「體面的」（➡515）

譯「華生先生值得信賴，且工作勤奮。」

形容詞・副詞（23）

- 將句中劃底線的單字譯成中文填入空格。
☑❶ They stick to <u>conservative</u> principles.
「他們堅持（　　　）原則。」
- 從（A）～（D）中選出底線單字的同義詞。
☑❷ He is one of the most <u>influential</u> writers of our time.
（A）responsible （B）competitive
（C）powerful （D）ambitious

554 ☑ **conservative** [kən`sɚvətɪv]
形「保守的／保守主義的」
類 **tradítional**「傳統的」
反 **progréssive**「進步的／進步主義的」
名 **cònservátion**「保護／保存」
動 **consérve**「保護／保存」

555 ☑ **influential** [ˌɪnflʊ`ɛnʃəl]
形「有影響的／影響力大的」
類 **pówerful**「有影響力的」
名 **ínfluence**「影響」
動 **ínfluence**「影響」

556 ☑ **ambitious** [æm`bɪʃəs]
形「有野心的／胸懷大志的」

例 They are **ambitious** for fortune and fame.

「他們對財富與名聲充滿野心。」

名 **ambítion**「雄心／抱負」

557 ☑ **passive** [`pæsɪv]

形「被動語態的／被動的／消極的」

例 Don't be so **passive**.

「不要如此被動。」

類 **ináctive**「不活躍的」

反 **áctive**「活躍的／積極的」

558 ☑ **elementary** [ˌɛlə`mɛntərɪ]

形「基本的／初步的／初等教育的」

例 Ms. Simmons is an **elementary** school teacher.

「席夢思女士是小學老師。」

⊘ **elementary school**指「小學」，也可說**prímary school**。

類 **básic**「基本的」

名 **élement**「成分／要素／（教育上的）初步」

解答

❶ 保守的

❷ （C）（A）responsible「有責任的」（➡❶432）／
（B）competitive「具競爭力的」（➡474）／
（C）powerful「有影響力的」／（D）ambitious
「有野心的」（➡556）

譯「他是我們這年代最有影響力的作家之一。」

第5章

- 將句中劃底線的單字譯成中文填入空格。

☐❶ The new technology has already become widespread.

「這項新技術已經（　　　）。」

- 從（A）～（D）中選出底線單字的同義詞。

☐❷ The theory is based on <u>solid</u> foundations.

（A）suitable　　　（B）excellent

（C）effective　　　（D）firm

---

559 ☐ **solid** [`sɑlɪd]

形「固體的／堅固的／牢固的」

類 **fírm**「堅定的／牢固的」

名 **solídity**「固體／堅硬的東西」

相關 **líquid / flúid**「液體的」、**gáseous**「氣體的」

560 ☐ **fixed** [fɪkst]

形「固定的／確定的」

例 The price of the car is **fixed**.

「車子的價格是固定的（所以不能降價）。」

動 **fíx**「使固定／決定」

561 ☐ **imaginative** [ɪˋmædʒəˌnetɪv]

形「富於想像的／有想像力的」

例 Mr. Yamada is an **imaginative** editor.

「山田先生是一位富於想像的編輯。」

類 **creátive**「有創造力的／富於想像的」

動 **imágine**「想像」

相關 **imáginable**「可以想像的」

　　imáginàry「幻想的／虛構的」

562 ☐ **awful** [ˋɔfʊl]

形「可怕的／嚴重的／嚇人的」

例 I heard an **awful** noise behind me.

「我聽見背後可怕的聲響。」

類 **hórrible**「可怕的」、**térrible**「嚴重的」

副 **áwfully**「嚴重地／非常地」

563 ☐ **widespread** [ˋwaɪdˌsprɛd]

形「普遍的／廣範圍的」

詞源 wide「寬的」＋spread「廣的」

第5章

解答

❶ 廣泛普及

❷（D）（A）suitable「適當的」（➡❶430）／
（B）excellent「優秀的」／（C）effective「有效
的」（➡❶425）／（D）firm「牢固的」（➡051）

譯「這個理論建立在堅固的基礎上。」

- 將句中劃底線的單字譯成中文填入空格。

☑❶ His desk is always messy.

「他的桌上總是（　　　）。」

- 從（A）～（D）中選出底線單字的同義詞。

☑❷ This product will help to keep your kitchen sanitary.

　　（A）bright 　　　　（B）safe

　　（C）clean 　　　　（D）efficient

564 ☑ **eternal** [ɪˋtɝnḷ]

　形「永久的／永恆的／不朽的」

例 This book is an **eternal** masterpiece.

「這本書是不朽的名作。」

類 **èverlásting**「永遠的」

副 **etérnally**「永遠地／永久地」

565 ☑ **messy** [ˋmɛsɪ] 形「亂七八糟的」

名 **méss**「雜亂／亂七八糟」

566 ☑ **sanitary** [ˋsænəˌtɛrɪ]

　形「衛生的／衛生上的／乾淨的」

類 **hygiénic**「衛生的」、**cléan**「乾淨的」

名 **sànitátion**「公共衛生」

567 ☑ **ashamed** [əˈʃemd]

形「可恥的／感到羞愧的」

例 I am **ashamed** of having made such a bad decision.

「對於做出這樣一個錯誤的決定，我感到羞愧。」

類 **embárrassed**「感到羞愧的」

名 **sháme**「羞恥／羞愧」

568 ☑ **sour** [ˈsaʊr]

形「酸的」

例 This milk tastes **sour**.

「這牛奶嘗起來是酸的。」

569 ☑ **ethnic** [ˈɛθnɪk]

形「民族的」

例 There are many **ethnic** minorities in the country.

「這個國家有很多少數民族。」

類 **rácial**「民族的」

第5章

解答

❶ 亂七八糟

❷ （C）（A）bright「明亮的」（➡❶468）／
（B）safe「安全的」／（C）clean「乾淨的」／
（D）efficient「效率高的」（➡463）

譯「這個產品有助你保持廚房乾淨。」

- 將句中劃底線的單字譯成中文填入空格。

☑❶ They <u>closely</u> examined all the data.

「他們（　　　）檢查所有的資料。」

- 從（A）〜（D）中選出底線單字的同義詞。

☑❷ She spent the <u>entire</u> day reading the book.

（A）whole　　　　（B）first

（C）last　　　　（D）good

---

570 ☑ **balanced** [`bælənst]

形「**均衡的／不偏頗**」

例 A **balanced** diet and regular exercise are necessary for good health.

「均衡的飲食和定期的運動對健康是不可或缺的。」

名 **bálance**「均衡／平衡／衡量」

動 **bálance**「保持〜平衡／相稱」

571 ☑ **entire** [ɪn`taɪr]

形「**整個的／全部的**」

類 **whóle**「整個的／全部的」

副 **entírely**「完全地／徹底地」

572 ☑ **optional** [ˋɑpʃənl̩]

形「可選擇的／隨意的／非必須的」

例 We offer a wide range of **optional** tours.

「我們有各式各樣的旅遊方案可供選擇。」

反 **compúlsory / oblígatòry**「必修的」

名 **óption**「選擇／選擇權」

573 ☑ **closely** [ˋkloslɪ]

副 ❶「嚴密地」

　　❷「緊密地」

類 **cárefully**「仔細地」

形 **clóse**「近的／嚴密的」

574 ☑ **aboard** [əˋbord]

副「在（交通工具）上」

介「上（交通工具）」

例 The man is climbing **aboard** the bus.

「男人正在上公車。」

第5章

解答

❶ 徹底

❷ （A）（A）whole「全部的」／（B）first「最初的」／（C）last「最後的」／（D）good「好的」

譯「她花了整天讀這本書。」

主題 105 ▶ **形容詞・副詞（27）**

- 將句中劃底線的單字譯成中文填入空格。

☐❶ I'll <u>definitely</u> go to see her.

「我（　　　）會去看她。」

- 從（A）～（D）中選出底線單字的同義詞。

☐❷ <u>Besides</u>, the prices are very reasonable.

（A）However 　　　（B）Therefore

（C）For example 　　（D）In addition

---

575 ☐ **tropical** [`trɑpɪkl̩]

形「**熱帶（地方）的／熱帶性的**」

例 You can see many **tropical** plants.

「你可以看到很多熱帶植物。」

576 ☐ **potted** [`pɑtɪd] 形「**盆栽的**」

例 There is a **potted** plant on the table.

「桌上擺了一個盆栽植物。」

名 **pót**「盆／（深的）鍋／茶壺」

動 **pót**「把～栽入盆裡」

577 ☐ **besides** [bɪ`saɪdz]

副「**此外／而且**」

介「**除了～尚有／除了～之外**」

⚠ 注意勿與 **beside** 介「在～旁邊」混淆！

220

類 **in addítion / fúrthermòre**「此外／同時」、**in addítion to ~ / óther than ~**「除了～尚有」、**excépt**「除了～之外」

578 ☐ **absolutely** [ˋæbsəˏlutlɪ]
副 ❶「完全地」 ❷「（用於對答）所言甚是」
例 "His performance was great." "**Absolutely!**"
「他的演出很棒。」「所言甚是！」
類 **complétely**「完全地」
cértainly / définitely「所言甚是」
形 **ábsolúte**「完全的／絕對的」

579 ☐ **definitely** [ˋdɛfənɪtlɪ]
副 ❶「明確地／肯定地／絕對地」
❷「（用於對答）所言甚是」
類 **cléarly**「明確地」、**súrely**「肯定地」
cértainly / ábsolútely「所言甚是」
名 **dèfinítion**「定義」
動 **defíne**「下定義」
形 **définite**「明確的／肯定的」

第5章

解答
❶ 一定〔絕對〕
❷ （D）（A）however「但是」／（B）therefore「因此」／（C）for example「例如」／（D）in addition「此外」
譯 「此外，這個價格是非常合理的。」

- 將句中劃底線的單字譯成中文填入空格。

☑❶ Mr. Smith will be back shortly.

「史密斯先生（　　）就會回來。」

- 從（A）～（D）中選出底線單字的同義詞。

☑❷ It cost approximately two thousand dollars to install the system.

（A）about 　　　　（B）barely

（C）eventually 　　（D）usually

---

580 ☑ **painful** [`penfəl]

形「疼痛的／引起痛苦的」

例 She will never forget that **painful** experience.

「她永遠不會忘記那痛苦的經驗。」

類 **sóre**「疼痛的」

名 **páin**「痛苦／疼痛」

副 **páinfully**「惱人地／痛苦地」

581 ☑ **nevertheless** [ˌnɛvɚðəˈlɛs]

副「不過」

例 He had a high fever. **Nevertheless**, he came.

「他發高燒，不過他還是來了。」

類 **nònetheléss**「仍然」

582 ☑ **eventually** [ɪˋvɛntʃʊəlɪ]

副「**最後／終於**」

例 **Eventually**, he went back to his hometown and took over his father's business.

「最後，他回到家鄉並繼承父親的事業。」

類 **finally / in the end**「最後」

形 **evéntual**「結果的」

583 ☑ **approximately** [əˋprɑksəmɪtlɪ]

副「**大約**」

類 **abóut / róughly**「大約」

形 **appróximate**「大約的／（數字）接近的」

584 ☑ **shortly** [ˋʃɔrtlɪ]

副 ❶「**不久／即將**」

　　❷「**不耐煩地**」

類 **sóon / befóre long**「不久／即將」

形 **shórt**「短的」

解答

❶ 不久

❷（A）（A）about「大約」／（B）barely「勉強地」／（C）eventually「最後」（➡582）／（D）usually「通常」

譯「安裝這個系統大約花了兩千美元。」

- 將句中劃底線的單字譯成中文填入空格。
☑❶ We must, above all, solve this problem.
   「我們（　　　）必須解決這個問題。」
- 從（A）～（D）中選出底線單字的同義詞。
☑❷ He completed the work at the expense of his health.
   （A）cost 　　　　（B）sight
   （C）end 　　　　（D）height

---

585 ☑ **a pair of ~**「一對」

例 I bought **two pairs of** shoes.
「我買了兩雙鞋。」

⏱ 使用 **a pair of ~** 的名詞有：**shoes**「鞋子」、**glasses**「眼鏡」、**jeans**「牛仔褲」、**pants**「長褲」、**scíssors**「剪刀」、**socks**「襪子」等。

586 ☑ **abóve all (things)**「特別／首先」

類 **espécially**「特別」

587 ☑ **apárt from ~**
   ❶「姑且不提／除了～之外」 ❷「離開」

例 I don't do any exercise, **apart from** walking.
「除了散步之外，我不做任何運動。」

類 asíde from ～「姑且不提／除了～之外」
excépt for ～「除了～之外」

588 ☑ at the expénse of ～「犧牲」
類 at the cost of ～「犧牲」

589 ☑ at the sight of ～「一看見～就」
例 He ran away **at the sight of** the police officer.
「他一看見員警就跑走了。」

590 ☑ bound for ～「前往」
例 Take a train **bound for** Seoul.
「搭乘前往首爾的電車。」

591 ☑ in short「總而言之／簡而言之」
例 **In short**, the event was a huge success.
「簡而言之，這個活動非常成功。」
類 bríefly / in a word / in a nútshell「簡而言之」

解答
❶ 首先
❷（A）（A）at the cost of ～「犧牲」／（B）at the sight of ～「一看見～就」（➡589）／（C）end「結局」／（D）height「高度」
譯「他犧牲健康完成這項工作。」

● 將句中劃底線的單字譯成中文填入空格。

☑❶ You are wearing your shirt <u>inside out</u>.

「你把襯衫穿（　　　）。」

● 從（A）～（D）中選出底線單字的同義詞。

☑❷ He will come here <u>before long</u>.

（A）in the future　　（B）soon

（C）for a long time　（D）as usual

592 ☑ **as for ~**「關於／至於」

例 **As for** me, I'm satisfied with the result.

「至於我，我很滿意這個結果。」

類 **concérning**「關於」

593 ☑ **as úsual**「一如往常」

例 **As usual**, he was late for the meeting.

「一如往常，他開會還是遲到了。」

594 ☑ **insíde out**「裡外顛倒／相反」

595 ☑ **upsíde down**「相反〔的〕」

例 The picture is **upside down**!

「這幅畫掛反啦！」

596 ☑ **back and forth**
「前後地／來回地」

例 He was so worried that he began to pace **back and forth** in the room.

「他太過擔心，以至於開始在房間裡來回踱步。」

597 ☑ **side by side**「肩並肩地」

例 They are walking **side by side**.

「他們肩並肩地走在一起。」

598 ☑ **befóre long**「即將」

類 **sóon / shórtly**「即將」

599 ☑ **die out**「絕跡」

例 The species is said to have **died out** millions of years ago.

「據說這物種在數百萬年前就已絕跡。」

類 **vánish**「絕跡」

解答

❶ 反了

❷ （B）（A）in the future「將來」／（B）soon 「即將」（C）for a long time「長時間」／（D）as usual「一如往常」（➡ **593**）

譯「他不久就會前來。」

片語（3）

- 將句中劃底線的單字譯成中文填入空格。
☑❶ Believe it or not, he's been transferred to Hong Kong.
「（　　　），他已經調職去香港了。」
- 從（A）～（D）中選出最適當的選項填入空格裡。
☑❷ He has (　　) up with a new idea for improving business.
　（A）caught　　　（B）come
　（C）kept　　　　（D）put

600 ☑ **come up with ~**
　「想到（想法）／想起來」

類 think up ~ / concéive「想到／構想出」

601 ☑ **I[I'll] bet (that) S V ~**
　「我敢打賭」

例 I bet you were surprised at the results.
　「我敢打賭你對於結果一定很訝異吧！」

⊘ bet是「賭」的意思，原意是「打賭（事物）」。

602 ☑ **have no choice but to** V
「不得不／除了～別無選擇」

例 We **had no choice but to** accept his proposal.

「我們除了接受他的提案別無選擇。」

603 ☑ **belíeve it or not**「信不信由你」

604 ☑ **get alóng (with ~)**
❶「順利進展」
❷「與～和睦相處」<with>

例 Does he **get along with** his boss?

「他和他的上司合得來嗎？」

605 ☑ **for the sake of ~**
「為了～（的利益）」

例 He has given up smoking **for the sake of** his health.

「他為了健康戒菸。」

類 **for the púrpose of ~**「為了～目的」

解答
❶ 信不信由你
❷ （B）（A）catch up with ~「趕上」／（C）keep up with ~「跟上（不落後）」（➡❶502）／（D）put up with ~「容忍」
譯 「他想到新點子來改善業務。」

- 將句中劃底線的單字譯成中文填入空格。
☐❶ I don't care for that movie.
「我不（　　）那部電影。」
- 從（A）～（D）中選出底線單字的同義詞。
☐❷ That tie doesn't match your shirt.
（A）try on 　　　（B）put on
（C）take off 　　（D）go with

606 ☐ end up Ving

「（最終）成為」

例 He **ended up** losing his job.

「他最終還是失去工作。」

⚖ 也可以接Ving以外的語句。

例 He **ended up** in jail.

「他最後入獄了。」

607 ☐ care for ~

❶「照料」❷「喜歡」

⚖ 若為「喜歡」之意，則如本主題問題❶的句子所示，常用於否定句或疑問句。

類 **take care of ~ / look after ~**「照料」

like「喜歡」

608 ☐ **go with**「與～相配」

類 **match**「與～相配」

609 ☐ **feel free to** V「隨意」

例 Please **feel free to** ask me any questions.

「（若有疑問）請隨時問我問題。」

610 ☐ **first of all**「第一／首先」

例 **First of all**, you should get more sleep.

「首先，你應該多睡一點。」

611 ☐ **eat out**「外食」

例 We **eat out** every Saturday night.

「我們每週六晚上都外食。」

612 ☐ **in quéstion**

「討論中的／該（人、物）」

例 They couldn't contact the person **in question**.

「他們無法與本人取得聯繫。」

解答

❶ 喜歡

❷ （D）（A）try ～ on／try on ～「試穿」（➡❶528）／
（B）put ～ on／put on ～「穿上（衣服）」
（➡❶511）／（C）take off ～「脫下」

譯「那條領帶和你的襯衫不相配。」

● 將句中劃底線的單字譯成中文填入空格。

☐❶ In any case, you have to contact them.
「（　　　），你必須聯絡他們。」

● 從（A）～（D）中選出底線單字的同義詞。

☐❷ That restaurant is very popular, so you should reserve a table in advance.

（A）beforehand　　（B）carefully

（C）every week　　（D）by chance

---

613 ☐ **in any case**「不論如何／不管怎樣／總之」

614 ☐ **in the evént of ～**「～時」

例 **In the event of** an accident or emergency, call this number.

「發生事故或緊急情況時，請打這個電話。」

615 ☐ **in advánce**「事先／預先」

類 **befórehand**「預先」

616 ☐ **take (the) tróuble to V**「特地」

例 He **took (the) trouble to** come all the way to our office.

「他特地來到我們公司。」

617 ☑ **in fávor of ~**

「贊成／支持」

例 I'm **in favor of** the proposal.

「我贊成這項提案。」

618 ☑ **make a líving**

「賺錢謀生」

例 She **makes a living** as a pianist.

「她靠著當鋼琴演奏家賺錢謀生。」

619 ☑ **make sure**

「確保／一定」<of ~ / to V / that S V ~>

例 **Make sure** that you follow the instructions.

「請務必按照指示。」

類 **ensúre**「確實做」

解答

❶ 總之

❷ （A）（A）beforehand「預先」（➡546）／
（B）carefully「小心地」／（C）every week
「每週」／（D）by chance「偶然」（➡❶487）

譯 「那家餐廳非常受歡迎，所以你應該事先訂位。」

片語（6）

- 將句中劃底線的單字譯成中文填入空格。
- ❶ We have to <u>look into</u> the matter immediately.
  「我們必須即刻（　　）這件事。」
- 從（A）～（D）中選出底線單字的同義詞。
- ❷ He visits us <u>from time to time</u>.
  （A）sometimes （B）usually
  （C）scarcely （D）always

---

620 ☐ **from time to time**「有時」

類 **sómetimes / occásionally / (every) now and then / (every) once in a while / at times**
「有時」

621 ☐ **get over ~**
「克服（困難等）／熬過／（生病）復原」

例 You can **get over** any problems.
「你可以克服任何困難的！」

類 **recóver from ~**「復原」

622 ☐ **lay ~ off / lay off ~**「（暫時）解雇」

例 The company **laid off** 100 employees.
「公司（暫時）解雇100位員工。」

⏱ 時態變化 **lay-laid-laid**

類 **dismíss / fíre**「解雇」
反 **emplóy / híre**「雇用」
相關 **láyòff**「暫時解雇」

623 ☐ **look into ~**「調查」
類 **invéstigate**「調查」

624 ☐ **make sense**
「言之有理／有意義」

例 What he says doesn't **make sense**.
「他說的話沒有意義。」
⏲ **make sense of ~** 為「理解」之意。

625 ☐ **on (the) condítion that** S V ~
「以～為條件」

例 She agreed to lend me her coat **on condition that** I returned it before Saturday.
「她以週六前歸還為條件同意借我外套。」

解答
❶ 調查
❷ （A）（A）sometime「有時」／（B）usually「通常／平常」／（C）scarcely「幾乎不」（➜❶461）／（D）always「總是」
譯「他有時會來拜訪我們。」

片語（7）

● 將句中劃底線的單字譯成中文填入空格。

☐❶ On the whole, he is a capable person.

「（　　　），他是個有能力的人。」

● 從（A）～（D）中選出最適當的選項填入空格裡。

☐❷ On (　　　) of all the staff, I would like to thank you for your continued support.

（A）account 　　　（B）purpose

（C）backorder 　　（D）behalf

---

626 ☐ **make up for ~**

「彌補／補償」

例 Her enthusiasm **made up for** her lack of experience.

「她的熱情彌補了她的經驗不足。」

類 **cómpensate for ~**「彌補／補償」

627 ☐ **on the whole**

「大致上／整體而論」

類 **génerally / by and large**「大致上」

628 ☐ **on behálf of ~**

「代表／代替」

類 **in place of ~**「代替」

629 ☑ mark ~ down / mark down ~
「減價」

例 All items are **marked down** by 30%!

「所有的商品一律打七折。」

反 **mark ~ up / mark up ~**「漲價」

相關 **márkdòwn**「降價」

630 ☑ on board
「**登上**（船等交通工具）」

例 The passengers are all **on board**.

「所有乘客已登上（船等）。」

631 ☑ shut down
「（工廠、店家）**停業／關閉**」

例 The factory **shut down** last year.

「工廠去年就關閉了。」

類 **close down**「關閉」

解答

❶ 大致上（整體而論）

❷ （D）（A）on account of ~「因為」／（B）on purpose「故意」（➡❶488）／（C）on backorder「缺貨中」（➡❸099）

譯 「我謹代表全體員工，感謝您的長期支持。」

- 將句中劃底線的單字譯成中文填入空格。
☑❶ I ran into an old friend of mine the other day.

「前幾天我（　　　）一位老朋友。」
- 從（A）～（D）中選出最適當的選項填入空格裡。
☑❷ We are (　　) out of time.
（A）coming　　　　（B）getting
（C）traveling　　　（D）running

632 ☑ **pass away**「過世」

例 She **passed away** at the age of 65 in 2001.

「她於2001年過世，享年65歲。」

⏀ 為 **die** 的委婉用法。

類 **díe**「死亡」

633 ☑ **run into**

❶「偶遇」❷「撞上（東西）」

類 **run acróss** ~ / **bump into** ~「偶遇」

634 ☑ **run out of**「用完／用盡」

相關 **run out**「（食物、金錢等）用完／耗盡」

例 Their funds have **run out**.

「他們已耗盡資金。」

635 ☐ **sort of**

❶「多少／有點」

❷（用於回答時）「還可以啦／就那樣囉」

例 The movie was **sort of** boring.

「這部電影有點無趣。」

類 **slíghtly**「多少」、**sómewhàt**「有點」

kind of「還可以啦／就那樣囉」

636 ☐ **take ~ into accóunt [consìderátion]**

「考慮」

例 We should **take** his age **into account**.

「我們應該考慮他的年齡。」

類 **consíder**「考慮」

637 ☐ **more or less**

「多少有點／差不多／大約」

例 They admitted that what he said was **more or less** true.

「他們承認他說的話多少有點正確。」

解答

❶ 偶遇

❷（D）（A）come out of ~「從～出來」／

（B）get out of ~「下（交通工具）／從～出來」／

（C）travel「旅行」

譯「我們快要沒有時間了。」

● 將句中劃底線的單字譯成中文填入空格。
☑❶ He took my place.
　　「他（　　　）。」
● 從（A）～（D）中選出底線單字的同義詞。
☑❷ He stood by me when I was in trouble.
　　（A）called　　　　　（B）blamed
　　（C）deceived　　　　（D）supported

638 ☑ **stand by ~**
　「支持／在旁邊」

類 **suppórt**「支持」

639 ☑ **stand for**
　「代表／有～之意／是～的縮寫」

例 WTO **stands for** World Trade Organization.
　「WTO是World Trade Organization（世界貿易組織）的
　縮寫。」

類 **méan**「有～之意」

640 ☑ **take** *one's* **place / take the place of ~**
　「代替／取代」

類 **repláce**「代替／取代」

641 ☐ turn ~ down / turn down ~
❶「拒絕」❷「調小（收音機等）音量」

例 He **turned down** my offer.

「他拒絕我的提議。」

例 Please **turn down** the TV! I'm studying.

「請把電視音量調小！我正在唸書。」

類 **declíne / rejéct / refúse**「拒絕」

642 ☐ turn ~ on / turn on ~
「打開（電視等）」

例 She **turned on** the TV and sat down on the sofa.

「她打開電視坐在沙發上。」

類 **switch ~ on / switch on ~**「按下開關」

反 **turn ~ off / turn off ~**「關掉」

643 ☐ when it comes to ~
「談到有關／當涉及～時」

例 **When it comes to** sports, he is the best.

「談到體育時，他就是最棒的。」

解答

❶ 取代了我

❷ （D）（A）call「打電話」／（B）blame「指責」
（➡264）／（C）deceive「欺騙」（➡438）／
（D）support「支持」

譯「每當我陷入麻煩，他都在我身邊。」

主題 116 ▶ 片語（10）

- 將句中劃底線的單字譯成中文填入空格。
☐❶ You can apply regardless of your citizenship.
　　「（　　　　）你的公民身分，你還是可以申請。」
- 從（A）～（D）中選出底線單字的同義詞。
☐❷ There were quite a few people at the party.
　　（A）many　　　　　（B）several
　　（C）some　　　　　（D）very few

---

644 ☐ **out of town**
　　「出差中」

例 I'm sorry. He's **out of town**.
　　「很抱歉，他正出差中。」

645 ☐ **~ will do**
　　「足夠」

例 "Which would you prefer?" "Either **will do**."
　　「你喜歡哪一個呢？」「哪個都行。」

646 ☐ **quite a few[little] ~**
　　「很多的」

⚠ 注意勿將**quite a few[little]** ~誤解為「很少的」。
類 **mány[múch]**「很多的」

647 ☐ **regárdless of ~**「無關╱不管」

648 ☐ **stop by (~)**「順道去」

例 Can you **stop by** the grocery store and pick up some milk?

「可否請你順道去雜貨店買些牛奶？」

649 ☐ **withóut fail**
「一定╱肯定╱務必」

例 I will visit you tomorrow **without fail**.

「我明天一定去拜訪你。」

650 ☐ **no láter than ~**「在～之前」

例 Please submit your report **no later than** May 15.

「請在5月15日前提出你的報告。」

651 ☐ **call it a day**
「（當日的事情）告一段落」

例 Let's **call it a day**!

「（今天）就到此為止。」

解答

❶ 無關

❷ （A）（A）many「很多」╱（B）several「數個」╱
（C）some「一些」╱（D）very few「幾乎沒有」

譯「派對上有很多人。」

需特別注意的單字（1）

- 將句中劃底線的單字譯成中文填入空格。

☐❶ There are <u>fine</u> differences between these two models.

「這兩個模型之間有（　　　）的不同。」

- 從（A）～（D）中選出最適當的選項填入空格裡。

☐❷ His office is on the third floor of the five-（　　）building.

（A）tall （B）story

（C）high （D）height

---

652 ☐ **story** [`storɪ] 名 ❶「故事」❷「樓層」

⏰ **story**「樓層」是指「樓層數」與建築整體的高度，**flóor**是指「個別樓層」。

653 ☐ **state** [stet]

名 ❶「狀態」❷「（美國等的）州／國家」

他「聲明」<that子句>

例 The finances are in a good **state**.

「財政處於良好的狀態。」

例 He **stated** that he intended to resign as chairperson.

「他聲明打算辭去議長之職。」

類 **condítion**「狀態」、**nátion / cóuntry**「國／國家」、**sáy**「述說」

654 ☑ **fine** [faɪn]

 名「罰款」他「科以罰金」

 形 ❶「優秀的」

  ❷「纖細的／細微的」

  ❸「有精神的」

例 He was **fined** for illegal parking.

 「他因違規停車被科以罰金。」

類 **délicate** / **súbtle**「纖細的／細微的」

655 ☑ **fire** [faɪr]

 他「**解雇／開除**」名「**火／火災**」

例 The employees were **fired** for violating company policy.

 「這些員工因違反公司政策而被解雇。」

例 There was a **fire** in my neighborhood last night.

 「昨晚鄰近地區有火災。」

⚠ 注意勿與**híre**「雇用」混淆！。

類 **dismíss** / **lay ~ off** / **lay off ~**「解雇」

反 **emplóy** / **híre**「雇用」

解答

❶ 細微的

❷ （B）（A）tall「高的」／（C）high「高的」／
（D）height「高度」

譯「他的辦公室位在五層樓建築的三樓。」

第7章

● 將句中劃底線的單字譯成中文填入空格。

☐❶ I'm <u>content with</u> my salary.

「我對我的薪水（　　　）。」

● 從（A）～（D）中選出底線單字的同義詞。

☐❷ She was sitting <u>right</u> in front of me.

（A）side by side 　　（B）inside

（C）right-hand 　　（D）just

---

656 ☐ **land** [lænd]

　　⾃「著陸／降落」

　　⾃「使著陸／使降落」　⟨名⟩「陸地」

例 His flight **landed** at Bangkok International Airport an hour ago.

「他搭乘的班機一小時前著陸在曼谷國際機場。」

反 **take off**「起飛」

657 ☐ **content** ⟨形⟩ [kən`tɛnt] ⟨名⟩ [`kɑntɛnt]

　　⟨形⟩「滿足的」<with>

　　⟨名⟩「內容物／內容／目次」

例 Be sure to check the **contents** before buying.

「購買前請確認內容。」

類 **sátisfied** / **conténted**「滿足的」

　　súbstance「內容」

658 ☑ **park** [pɑrk]

他 自「**停車**」名「**公園**」

例 His car was **parked** at the entrance.

「他的車子停在門口。」

名 **párking**「停車／停車場」

相關 **(párking) lot**「停車場」

659 ☑ **right** [raɪt]

名「**權利**」副「**正好／正確地**」

形「**正確的／適當的**」

例 They have the **right** to use this trademark.

「他們擁有權利使用這個商標。」

類 **júst**「正好」

660 ☑ **shower** [`ʃauɚ]

名「**驟雨／淋浴**」

例 We got caught in a heavy **shower**.

「我們遇上劇烈的驟雨。」

解答

❶ 很滿意

❷ （D）（A）side by side「肩並肩地」（➡597）／
（B）inside「內側／室內」／（C）right-hand
「右邊的／右手的」／（D）just「正好」

譯「她就正好坐在我前面。」

- 將句中劃底線的單字譯成中文填入空格。
☑❶ He is on good terms with his coworkers.
「他與他的同事（　　　）。」
- 從（A）～（D）中選出最適當的選項填入空格裡。
☑❷ He withdrew $500 from his bank（　　）.
（A）account　　　（B）site
（C）clerk　　　　（D）position

661 ☑ **term** [tɚm]
　名 ❶「期間／任期」❷「用語」❸「條件」

例 His **term** of office expired on June 30.
　「他的任期到6月30日止。」

例 The book is full of technical **terms**.
　「這本書全是技術用語。」

類 **périod**「期間」、**wórd**「字詞」
　condítion「條件」

片 **in terms of ～**「從～觀點」
　be on ... terms with ～「與～有～關係」

662 ☑ **novel** [`nɑvl̩] 名「小說」形「新的」

例 This **novel** is one of the best novels I've ever read.
　「這本小說是我看過最好的小說之一。」

248

例 He hit upon a **novel** idea to attract more visitors.

「他靈機一動冒出一個吸引更多觀光客的新想法。」

類 **stóry / fíction**「小說」

neẃ「新的」

663 ☑ **account** [ə`kaʊnt]

名 ❶「說明／報告」 ❷「銀行帳戶」 ❸「帳單」

例 She gave a full **account** of the incident.

「她給了一份這個事件的完整說明〔報告〕。」

類 **èxplanátion / descríption**「說明」

repórt「報告」、**bíll**「帳單」

片 **accóunt for ~**「說明／佔（比例）」

664 ☑ **water** [`wɔtɚ]

他「澆水（植物等）／灑水（庭院等）」

名「水」

例 She **waters** the plants after lunch.

「她用完午餐後給植物澆水。」

解答

❶ 關係良好

❷ （A）（B）site「地點」（➡❶037）／（C）clerk
「職員」（➡❶006）／（D）position「位置／地位」

譯「他從銀行帳戶領出500美元。」

- 將句中劃底線的單字譯成中文填入空格。

☐❶ He quoted figures from the data.

「他引用資料中的（　　）。」

- 從（A）～（D）中選出底線單字的同義詞。

☐❷ Many people are concerned about the safety of their drinking water.

（A）bored （B）disappointed

（C）worried （D）surprised

665 ☐ **figure** [`fɪgjɚ]

名 ❶「數字」❷「人物」

類 **number**「數字」、**person**「人物」

片 **figure ~ out / figure out ~**「計算出／理解」

例 I can't **figure out** how to use this tool.

「我無法理解如何使用這個工具。」

類 **work ~ out / work out ~**「計算」

make ~ out / make out ~ / understand / comprehend「理解」

666 ☐ **block** [blɑk]

名「街區／區域／街道」他「阻礙」

例 My house is two **blocks** from here.

「我家距離這裡兩條街。」

例 A fallen tree is **blocking** the street.

「一棵倒下的樹阻礙了這條街。」

類 **clóg / obstrúct**「擋住」

ìnterrúpt「阻礙」

667 ☑ **concern** [kən`sɜn]

他「與～有關」

（**be concerned about ~**）「擔心」

名 ❶「關心」 ❷「擔心」

例 Climate change **concerns** us all.

「氣候變化與我們都有關。」

類 **reláte to ~**「與～有關」、**wórry**「擔心／掛心」

ínterest「關心」、**anxíety**「擔心」

介 **concérning**「有關／關於」

片 **as far as S be concérned**「就～而言」

例 **As far as I'm concerned**, he is doing a good job.

「就我個人而言，他做得很好。」

片 **to whom it may concérn**「敬啟者」

解答

❶ 數字

❷ （C）（A）bored「無聊的」／（B）disappointed 「失望的」／（C）worried「擔心的」／ （D）surprised「驚訝的」

譯「很多人擔心他們飲用水的安全性。」

索　引

* 粗體字的單字及片語，表示出現在本書標題的字彙

● F ●

● **G** ●

● N ●

附　　錄

＊ 本書中收錄同系列叢書的
「600分完勝」及「860分完勝」單字及片語一覽表

600分完勝

 A

- [ ] *A* as well as *B*
- [ ] accept
- [ ] access
- [ ] according to ~
- [ ] activity
- [ ] adapt
- [ ] add
- [ ] admit
- [ ] adopt
- [ ] advance
- [ ] advantage
- [ ] advertise
- [ ] affect
- [ ] agency
- [ ] agreement
- [ ] agriculture
- [ ] aid
- [ ] aim
- [ ] alike
- [ ] all the way
- [ ] allow
- [ ] along with ~
- [ ] amateur
- [ ] amaze
- [ ] ancient
- [ ] announce
- [ ] anxious
- [ ] apologize
- [ ] appearance
- [ ] apply

- [ ] appointment
- [ ] approach
- [ ] arrange
- [ ] arrival
- [ ] as soon as S V ~
- [ ] asleep
- [ ] assist
- [ ] (close) at hand
- [ ] at least
- [ ] athlete
- [ ] atmosphere
- [ ] attend
- [ ] attitude
- [ ] attractive
- [ ] automobile
- [ ] avenue
- [ ] avoid
- [ ] award

● B ●

- [ ] background
- [ ] baggage
- [ ] ban
- [ ] basis
- [ ] battery
- [ ] be about to V
- [ ] be at a loss
  (what to do [say])
- [ ] be good at ~
- [ ] be known for ~
- [ ] be made up of ~
- [ ] be supposed to V
- [ ] be sure to V
- [ ] be willing to V

- [ ] beat around the
  bush
- [ ] belief
- [ ] belong
- [ ] benefit
- [ ] bill
- [ ] boil
- [ ] book
- [ ] bore
- [ ] boss
- [ ] brand
- [ ] break
- [ ] bright
- [ ] broadcast
- [ ] brush
- [ ] burst out Ving
- [ ] by chance
- [ ] by *oneself*
- [ ] by way of ~

 C

- [ ] cabin
- [ ] cabinet
- [ ] campaign
- [ ] cancel
- [ ] cancer
- [ ] capacity
- [ ] career
- [ ] carry ~ out /
  carry out ~
- [ ] cart
- [ ] case
- [ ] cashier
- [ ] casual

☐ cause
☐ ceiling
☐ celebration
☐ cellular phone
☐ CEO
☐ chapter
☐ charming
☐ check
☐ cheerful
☐ chef
☐ clerk
☐ client
☐ climate
☐ clinic
☐ clothing
☐ colleague
☐ combination
☐ come across ~
☐ come to V
☐ comment
☐ community
☐ compare
☐ compete
☐ complain
☐ complete
☐ complicated
☐ conclusion
☐ confuse
☐ connect
☐ consist
☐ construction
☐ consume
☐ consumer
☐ contact
☐ contain
☐ container
☐ convenient
☐ conversation
☐ corporation

☐ cosmetic
☐ cough
☐ country
☐ coupon
☐ cousin
☐ creative
☐ creature
☐ crossing
☐ current
☐ curtain
☐ custom
☐ customer

● D ●

☐ damage
☐ deal
☐ decade
☐ decision
☐ decrease
☐ degree
☐ deliver
☐ demand
☐ dentist
☐ deny
☐ departure
☐ describe
☐ desire
☐ dessert
☐ detail
☐ develop
☐ development
☐ dial
☐ direction
☐ director
☐ disappoint
☐ disease
☐ display
☐ dive
☐ divorce

☐ do without ~
☐ dock
☐ document
☐ domestic
☐ downtown
☐ drug
☐ due to ~
☐ dust
☐ duty

● E ●

☐ each other
☐ eager
☐ earn
☐ economical
☐ editor
☐ effect
☐ effective
☐ either *A* or *B*
☐ election
☐ employ
☐ employer
☐ empty
☐ enable
☐ encourage
☐ entry
☐ envelope
☐ environment
☐ essential
☐ every other ~
☐ evidence
☐ exact
☐ examine
☐ except for ~
☐ exchange
☐ exhibition
☐ existence
☐ expense
☐ experience

☑ experiment
☑ expert
☑ explanation
☑ extra

● F ●

☑ factory
☑ fail
☑ farm
☑ fee
☑ fill
☑ fill ~ out [in] /
　fill out [in] ~
☑ financial
☑ firework
☑ flash
☑ flat
☑ flavor
☑ flight
☑ floor
☑ flu
☑ fluent
☑ focus
☑ follow
☑ for ages
☑ for free
☑ force
☑ form
☑ former
☑ frequent
☑ from ~ on
☑ fuel
☑ furniture

● G ●

☑ gain [put on]
　weight
☑ gallery
☑ gap

☑ garage
☑ garbage
☑ gather
☑ general
☑ generation
☑ get back to ~
☑ get [be] caught
　in ~
☑ get in [into] ~
☑ get lost
☑ get ~ on /
　get on ~
☑ get rid of ~
☑ give ~ a ride
☑ glasses
☑ go ahead
☑ goods
☑ government
☑ grass
☑ grocery store
☑ guess

● H ●

☑ hand
☑ handle
☑ hang
☑ harvest
☑ have trouble Ving
☑ head
☑ hear from ~
☑ help *oneself* to ~
☑ highly
☑ hire
☑ hold
☑ host
☑ How come ~?
☑ humid
☑ hurt

● I ●

☑ ideal
☑ imagination
☑ impression
☑ improve
☑ in addition to ~
☑ in charge of ~
☑ in full
☑ in itself
　[themselves]
☑ in no time
☑ in spite of ~
☑ in terms of ~
☑ in the long run
☑ in time for ~
☑ include
☑ income
☑ increase
☑ individual
☑ industrial
☑ industry
☑ infant
☑ inform
☑ injure
☑ inn
☑ insist
☑ instead of ~
☑ interest
☑ interview
☑ introduce
☑ invitation
☑ issue
☑ item

● J ●

☑ jewelry
☑ jog
☑ judge

K

- keep in touch
- keep up with ~
- knowledge

L

- lack
- last
- lazy
- leather
- leave
- leave ~ behind
- lecture
- legal
- license
- lift
- likely
- limit
- locate
- long-term
- look back
- look forward to ~
- loss
- loud
- luxury

M

- maintenance
- major
- make it
- manufacturer
- marketing
- matter
- means
- mechanic
- medicine
- mcct
- meet with ~
- membership
- method
- microwave (oven)
- mission
- mood
- museum

N

- narrow
- national
- native
- navigation
- nearby
- nearly
- necessary
- nervous
- note
- notice

O

- object
- observe
- occasionally
- occupy
- offer
- on average
- on business
- on purpose
- online
- operate
- operation
- opportunity
- oppose
- opposite
- option
- order
- ordinary
- organization
- orientation
- origin
- over and over (again)
- overseas
- own

P

- pack
- participant
- participate
- particular
- part-time
- passenger
- path
- patient
- payment
- peak
- perform
- performance
- period
- permission
- photograph
- pick ~ out / pick out ~
- pick -- up / pick up ~
- pioneer
- plant
- platform
- playground
- pleasant
- point out ~
- political
- pollution
- popularity
- port
- positive
- post
- postpone

- [x] prefer
- [x] prepare
- [x] present
- [x] press
- [x] prevent
- [x] primary
- [x] probable
- [x] process
- [x] produce
- [x] product
- [x] profit
- [x] progress
- [x] proposal
- [x] protect
- [x] prove
- [x] provide
- [x] purchase
- [x] purpose
- [x] put ~ off /
  put off ~
- [x] put ~ on /
  put on ~

● Q ●

- [x] quantity
- [x] quarter
- [x] quit

● R ●

- [x] raise
- [x] range
- [x] rapid
- [x] rarely
- [x] reach
- [x] realistic
- [x] realize
- [x] recall
- [x] receipt
- [x] recent

- [x] recognize
- [x] recommend
- [x] reconsider
- [x] recreation
- [x] recycle
- [x] reduce
- [x] reform
- [x] refresh
- [x] refrigerator
- [x] regard *A* as *B*
- [x] region
- [x] regret
- [x] release
- [x] rely
- [x] remain
- [x] rent
- [x] repair
- [x] reply
- [x] report
- [x] request
- [x] require
- [x] resemble
- [x] respect
- [x] response
- [x] responsible
- [x] result
- [x] retire
- [x] review
- [x] right away
- [x] rise
- [x] risky
- [x] role
- [x] room
- [x] rude
- [x] rug
- [x] run

● S ●

- [x] scale

- [x] scarcely
- [x] scissors
- [x] secretary
- [x] section
- [x] see ~ off
- [x] seek
- [x] seminar
- [x] senior
- [x] sentimental
- [x] separate
- [x] series
- [x] set out
- [x] severe
- [x] share
- [x] shelf
- [x] shipment
- [x] shopper
- [x] shortage
- [x] shuttle
- [x] sign
- [x] signature
- [x] similarity
- [x] site
- [x] sketch
- [x] slice
- [x] so far
- [x] solve
- [x] source
- [x] souvenir
- [x] specialist
- [x] specialty
- [x] spread
- [x] staff
- [x] stand out
- [x] statue
- [x] strength
- [x] stress
- [x] strict
- [x] stupid

☐subject
☐subway
☐succeed
☐suffer
☐suggest
☐suggestion
☐suitable
☐supply
☐survey
☐survive
☐system

● T ●

☐table
☐tablet
☐take advantage
　of ~
☐take ~ for granted
☐take ~ off /
　take off ~
☐take place
☐take turns Ving
☐technician
☐temperature
☐terminal
☐thanks to ~
☐thrill
☐throw
☐tie
☐tip
☐tool
☐tourism
☐trainee
☐trend
☐try ~ on / try on ~
☐turn out (to be) ~
☐twist
☐typical

● U ●

☐unique
☐universal
☐up to ~
☐update
☐upgrade
☐upstairs
☐urban

● V ●

☐vacation
☐valuable
☐van
☐variety
☐various
☐vehicle
☐vending machine
☐village
☐visa
☐visible
☐vital
☐vivid
☐volunteer

● W ●

☐warn
☐warming
☐waste
☐waterproof
☐wave
☐wear out
☐weather report
☐wheat
☐wildlife
☐wonder
☐work
☐work on ~
☐worth

● Z ●

☐zone

860分完勝

● A ●

☐abrupt
☐abstract
☐abundant
☐accelerate
☐accommodate
☐accommodation
☐accord
☐account for ~
☐accumulate
☐acknowledg(e)-
　ment
☐acquaintance
☐address
☐adhere
☐adjourn
☐administer
☐admiration
☐adverse
☐affiliated
☐affluent
☐affordable
☐aftermath
☐aggravate
☐alert
☐alleviate
☐allocate
☐allot
☐alter
☐altitude
☐amend
☐amenity

ample
annual
anonymous
anticipate
apparatus
appetizer
applaud
appliance
appraisal
apprentice
aptitude
archive
around the clock
artificial
as of ~
ascend
aspire
assembly
assert
assess
assign
assignment
assume
at all costs
at any cost
attain
attentive
attorney
attribute
auditor
authentic
autograph
avert
awkward

● B ●

bachelor's degree
backlog
backorder

ballroom
banquet
bargain
be cut out for ~
be on the verge
  of ~
be second to none
biannual
bias
biased
bid
bleak
blunder
boarding pass
boast
bond
boost
box office
breadth
breakthrough
bribe
broom
browse
bulb
bulletin board

● C ●

call for ~
call in sick
candid
capture
carousel
carpool
carton
casualty
cater
chair
chamber
champion

chimney
chore
chronic
circulation
cite
clap
clarify
clause
clerical
cling
clog
closure
coincide
coincidence
collaborate
collapse
commemorate
commence
commend
commitment
commute
compensation
competent
compile
complement
compliance
compliment
complimentary
comply
component
comprehensive
compromise
concede
conceive
concise
confidential
consecutive
consensus
consent

☑ consequence
☑ conserve
☑ consistency
☑ consistent
☑ consolidate
☑ conspicuous
☑ contagious
☑ contaminate
☑ contingency
☑ contradict
☑ controversy
☑ convene
☑ convention
☑ conventional
☑ convert
☑ convey
☑ convince
☑ coordinate
☑ cope
☑ cordial
☑ correspond
☑ couch
☑ counterpart
☑ court
☑ courteous
☑ courtesy
☑ cover
☑ coverage
☑ craft
☑ crawl
☑ crucial
☑ crude
☑ crumple
☑ cuisine
☑ curb
☑ curiosity
☑ cut down (on) ~
☑ cutting-edge

● D ●

☑ dairy
☑ date back to ~
☑ debtor
☑ decay
☑ decent
☑ decor
☑ dedicate
☑ deduct
☑ defeat
☑ defect
☑ deficit
☑ define
☑ delegate
☑ deliberately
☑ delinquency
☑ demanding
☑ depict
☑ deposit
☑ depreciation
☑ deputy
☑ deregulation
☑ descend
☑ descending order
☑ deserve
☑ designate
☑ detach
☑ detect
☑ detergent
☑ deteriorate
☑ deterioration
☑ detour
☑ detrimental
☑ devastate
☑ devise
☑ diagnose
☑ digestion
☑ digit

☑ diligent
☑ dilute
☑ dim
☑ dimension
☑ diminish
☑ diploma
☑ discard
☑ discipline
☑ disclose
☑ discontinue
☑ discreet
☑ discrepancy
☑ discretion
☑ disembark
☑ disgust
☑ dismal
☑ dismiss
☑ dispatch
☑ dispense
☑ disperse
☑ disposable
☑ dispose of ~
☑ dispute
☑ disruption
☑ distinct
☑ distinctive
☑ distinguished
☑ distract
☑ disturbance
☑ diverse
☑ divert
☑ dividend
☑ domain
☑ dominant
☑ dose
☑ down payment
☑ doze
☑ drawback
☑ drizzle

- [ ] drought
- [ ] drowsy
- [ ] duplicate
- [ ] durable
- [ ] duration
- [ ] dwell on ~
- [ ] dwindle

● E ●

- [ ] edge
- [ ] editorial
- [ ] eligible
- [ ] eliminate
- [ ] embark
- [ ] embassy
- [ ] emit
- [ ] empathy
- [ ] empower
- [ ] enact
- [ ] endangered
- [ ] endeavor
- [ ] endorse
- [ ] enforce
- [ ] enhance
- [ ] entail
- [ ] entitle
- [ ] entrepreneur
- [ ] epidemic
- [ ] eradicate
- [ ] errand
- [ ] estate
- [ ] evict
- [ ] evoke
- [ ] exaggerate
- [ ] excerpt
- [ ] exclaim
- [ ] excursion
- [ ] exempt
- [ ] exert

- [ ] expel
- [ ] expertise
- [ ] expire
- [ ] explicit
- [ ] exquisite
- [ ] extension
- [ ] extinction
- [ ] extinguish
- [ ] extract

● F ●

- [ ] fabric
- [ ] fabricate
- [ ] fabulous
- [ ] facilitate
- [ ] fade
- [ ] fame
- [ ] fasten
- [ ] fatal
- [ ] faucet
- [ ] feasible
- [ ] feast
- [ ] feed
- [ ] feedback
- [ ] fierce
- [ ] first-hand
- [ ] fiscal year
- [ ] flair
- [ ] flatter
- [ ] flattery
- [ ] fluctuate
- [ ] forfeit
- [ ] foster
- [ ] fragile
- [ ] fraud
- [ ] freight
- [ ] from scratch
- [ ] frown
- [ ] fruitful

- [ ] fuss
- [ ] futile

● G ●

- [ ] garment
- [ ] gateway
- [ ] generosity
- [ ] get down to ~
- [ ] glance
- [ ] gloomy
- [ ] go in for ~
- [ ] go off ~
- [ ] go over ~
- [ ] go through ~
- [ ] grant
- [ ] grief

● H ●

- [ ] halt
- [ ] hands-on
- [ ] hazy
- [ ] hectic
- [ ] heritage
- [ ] hinder
- [ ] house
- [ ] humble
- [ ] hypothesis

● I ●

- [ ] identical
- [ ] if you ask me
- [ ] immense
- [ ] impasse
- [ ] imperative
- [ ] implement
- [ ] impose
- [ ] in a nutshell
- [ ] in a row

☑ in accordance
  with ~
☑ in person
☑ inaugural
☑ inaugurate
☑ inclement
☑ incline
☑ incorporate
☑ incur
☑ indifferent
☑ inevitable
☑ infer
☑ informative
☑ infringe
☑ ingredient
☑ inherit
☑ in-house
☑ innovate
☑ inquire
☑ inquiry
☑ insert
☑ insider
☑ insomnia
☑ inspect
☑ insult
☑ integrity
☑ intensive
☑ interactive
☑ interim
☑ intermission
☑ internship
☑ interpersonal
☑ interpret
☑ intervene
☑ intimate
☑ invaluable
☑ inventory
☑ invoice
☑ involvement

☑ irrigate
☑ itinerary

● J ●

☑ jam-packed
☑ janitor
☑ jeopardize
☑ job opening

● K ●

☑ keep [bear] ~ in
  mind
☑ keynote speech
☑ kneel

● L ●

☑ landlord
☑ lapse
☑ last-minute
☑ launch
☑ leading
☑ leaflet
☑ leak
☑ leftover
☑ legible
☑ legislation
☑ legitimate
☑ lengthen
☑ lessen
☑ let alone ~
☑ let up
☑ liability
☑ liable
☑ liaison
☑ likewise
☑ line
☑ linger
☑ liquidate
☑ literacy

☑ litter
☑ live up to ~
☑ locksmith
☑ lodging
☑ logistics
☑ loom
☑ lucrative
☑ lure

● M ●

☑ make ends meet
☑ make (~) out /
  make out (~)
☑ malfunction
☑ mandatory
☑ mar
☑ mediocre
☑ merge
☑ minute
☑ misplace
☑ moderate
☑ modify
☑ moisture
☑ mortgage
☑ mount
☑ multiple
☑ multiply
☑ municipal
☑ mutual

● N ●

☑ negligence
☑ niche
☑ Not that I know of.
☑ notable
☑ nourishment
☑ novice
☑ nuisance

O

- [x] obligation
- [x] obscure
- [x] observance
- [x] obsolete
- [x] obstacle
- [x] obstruct
- [x] on the spot
- [x] on-site
- [x] optimistic
- [x] ornament
- [x] outbreak
- [x] outcome
- [x] outfit
- [x] outlet
- [x] outnumber
- [x] output
- [x] outrageous
- [x] outskirts
- [x] outstanding
- [x] overcharge
- [x] overdo
- [x] overdue
- [x] overhead
- [x] oversee
- [x] oversight

P

- [x] pastime
- [x] pat
- [x] patent
- [x] patron
- [x] pay off
- [x] pay ~ off /
  pay off ~
- [x] payroll
- [x] peel
- [x] penetrate
- [x] periodical
- [x] perishable
- [x] pertinent
- [x] pessimistic
- [x] pharmacist
- [x] phenomenon
- [x] pillow
- [x] plausible
- [x] plumber
- [x] policy
- [x] polish
- [x] practice
- [x] precaution
- [x] precedent
- [x] precipitation
- [x] predecessor
- [x] preliminary
- [x] premise
- [x] premium
- [x] prerequisite
- [x] prescription
- [x] preside
- [x] pressing
- [x] prestige
- [x] prestigious
- [x] prevail
- [x] prevalent
- [x] prior
- [x] procedure
- [x] proceed
- [x] procrastinate
- [x] procure
- [x] procurement
- [x] proficient
- [x] profitability
- [x] profound
- [x] prolong
- [x] prominent
- [x] promising
- [x] proofread
- [x] proposition
- [x] proprietor
- [x] prosper
- [x] prototype
- [x] provoke
- [x] proximity
- [x] pull over
- [x] punctual
- [x] put ~ away /
  put away ~
- [x] put ~ out /
  put out ~

Q

- [x] query
- [x] quota
- [x] quotation
- [x] quote

R

- [x] radical
- [x] rage
- [x] railing
- [x] rampant
- [x] ratify
- [x] recess
- [x] recession
- [x] reconcile
- [x] rectangular
- [x] redeem
- [x] redundant
- [x] refill
- [x] refrain
- [x] refreshment
- [x] reimburse
- [x] relevant
- [x] relinquish
- [x] relocate

- remit
- remittance
- remuneration
- renovate
- renowned
- repetition
- representative
- requisite
- reside
- resort
- respective
- respondent
- restless
- restore
- restrain
- retailer
- retain
- retrieve
- reunion
- reveal
- revenue
- revise
- revision
- revoke
- ridiculous
- rigorous
- rinse
- ritual
- robbery
- royalty
- rule out ~
- rundown

● S ●

- sacrifice
- safeguard
- sanction
- scatter
- scope
- scrub
- scrutinize
- scrutiny
- see to it that S V
- segment
- seize
- set ~ aside /
  set aside ~
- set ~ forth /
  set forth ~
- sewage
- shabby
- shatter
- sheer
- shortcoming
- shoulder
- simultaneously
- single
- sip
- skeptical
- sluggish
- soar
- solicit
- sound
- specification
- speculate
- speculation
- spell
- splendid
- spontaneous
- stack
- stain
- stand in for ~
- standstill
- star
- state-of-the-art
- steering wheel
- stool
- stoop
- stopover
- strain
- strive
- stroll
- sturdy
- subordinate
- subscribe
- subscription
- subsidiary
- subsidize
- subsidy
- substantial
- substitute
- subtle
- successive
- suite
- summon
- superb
- superficial
- supervise
- supervisor
- supplier
- surcharge
- surge
- surgeon
- surgery
- susceptible
- suspend
- sustain
- swell

● T ●

- tackle
- tactics
- take effect
- take ~ on /
  take on ~
- take (~) over /
  take over (~)

286

□ take steps
□ takeover
□ tangible
□ tangle
□ tardy
□ tariff
□ tax break
□ tear
□ tedious
□ temper
□ tentative
□ tenure
□ terminate
□ terrific
□ testify
□ textile
□ therapy
□ think twice
□ thorough
□ tilt
□ toddler
□ token
□ tolerant
□ tow
□ tragedy
□ trait
□ transaction
□ transcript
□ transit
□ tremendous
□ tribute
□ triple
□ trivial

□ trustee
□ tuition
□ tune in on ~
□ turbulence
□ turn around
□ turnover

● U ●

□ unanimously
□ unconditionally
□ undergo
□ underlie
□ undermine
□ understaffed
□ undertake
□ underway
□ unload
□ unprecedented
□ unveil
□ upheaval
□ urge
□ utensil
□ utmost

● V ●

□ vaccination
□ vague
□ vain
□ valid
□ vendor
□ ventilation
□ venue
□ verdict

□ verify
□ versatile
□ veterinarian
□ vice president
□ vicinity
□ vigorous
□ violate
□ visionary
□ void
□ volatile
□ voucher
□ vulnerable

● W ●

□ waive
□ warranty
□ watchful
□ wholesaler
□ will
□ with [in] regard
to ~
□ withdraw
□ withhold
□ without notice
□ withstand
□ witty
□ workload
□ worthwhile
□ wrap ~ up /
wrap up ~

● Y ●

□ yield

國家圖書館出版品預行編目資料

每天1分鐘 新制多益NEW TOEIC必考單字730分完勝！ 新版 /
原田健作著；葉紋芳譯
-- 修訂初版 -- 臺北市：瑞蘭國際, 2024.12
288面；14.8 × 21公分 --（外語達人系列；31）
譯自：每日1分 TOEIC TEST 英単語730点クリア
ISBN：978-626-7473-66-5（平裝）
1. CST：多益測驗 2. CST：詞彙

805.1895   113014507

外語達人系列31
每天1分鐘 新制多益NEW TOEIC必考單字730分完勝！ 新版

作者｜原田健作
翻譯｜葉紋芳
責任編輯｜潘治婷、王愿琦
校對｜潘治婷、王愿琦

英語錄音｜Trace Fate
錄音室｜純粹錄音後製有限公司
封面設計｜陳如琪
內文排版｜余佳憓、陳如琪

瑞蘭國際出版
董事長｜張暖彗・社長兼總編輯｜王愿琦
編輯部
副總編輯｜葉仲芸・主編｜潘治婷
設計部主任｜陳如琪
業務部
經理｜楊米琪・主任｜林湲洵・組長｜張毓庭

出版社｜瑞蘭國際有限公司・地址｜台北市大安區安和路一段104號7樓之一
電話｜(02)2700-4625・傳真｜(02)2700-4622・訂購專線｜(02)2700-4625
劃撥帳號｜19914152 瑞蘭國際有限公司
瑞蘭國際網路書城｜www.genki-japan.com.tw

法律顧問｜海灣國際法律事務所　呂錦峯律師

總經銷｜聯合發行股份有限公司・電話｜(02)2917-8022、2917-8042
傳真｜(02)2915-6275、2915-7212・印刷｜科億印刷股份有限公司
出版日期｜2024年12月初版1刷・定價｜400元・ISBN｜978-626-7473-66-5

MAINICHI 1PUN TOEIC TEST EITANGO 730TEN CLEAR
© 2010 Kensaku Harada
First published in Japan in 2010 by KADOKAWA CORPORATION, Tokyo. Complex Chinese translation
rights arranged with KADOKAWA CORPORATION, Tokyo through Keio Cultural Enterprise Co., Ltd.